自然公園 010

孤鷹行

【修訂版】

徐如林——著

晨星出版

【推薦序】不平凡的孤鷹／楊南郡 004
【三度出版序】孤獨的鷹重新出發／徐如林 008
【二版序】原汁原味的孤鷹行／徐如林 010
秀尖行 014
山訓日記 023
茂林的日子 034
最後一夜 044
浪子麻沁 053
孤鷹行 073

CONTNETS

不屈的意志 087
夜登桃山 102
百岳行 109
太武雄風 119
陶塞溪谷 130
哈隆・烏來 149
松蘿湖 165
求生記趣 184
【跋語】跋涉千山萬水，自逍遙 207

【推薦序】

不平凡的孤鷹

楊南郡

「這真是一串不平凡的日子！」

當我看到徐如林的《孤鷹行》散文集全稿時，我不禁脫口驚嘆了。

在這小小的台灣島上，崇山峻嶺如秋雁行空，一列列地自北向南迤邐，這些經過劇烈拗折而形成的山脈，由於岩層傾斜，扭曲如弓，千形百態，無不險峻。就大的觀點看來，這簇擁的山脈，宛如一條條閃爍於雲海之上的綠色彩帶；而以一個登山者，俯伏在岩肌上的眼中看來，這個剛健粗獷的線條，這撓曲峭拔的偉構，給予人類心靈上的震撼，是永難磨滅的。

而徐如林，以她小小的年紀，居然能多次地參加冒險犯難的登山行列，已是非比尋常的。更不尋常的是，她帶著一顆靈巧的心上山，無論在蓊鬱的森林中，在一望無際的高山草原上，在峭壁的掙扎攀登時，處處都發揮了她纖細的感受力。最難能可貴的是：下山回家後，她能提起生花妙筆，細膩地描述出她的登山經歷，文句內充滿了好奇、探索的赤子之忱，到處洋溢著民胞物與的真摯情感，令人讀後深深地受了感動。而她，以一個理工科系學生的背景，卻擁有十足駕御文字的能力，文筆的清新與流暢，比諸名家，亦不多讓。

我們翻閱〈秀尖行〉、〈孤鷹行〉，這兩篇獲選中國現代散文年選的文章，可以驚異地發現，這不只是散文，彷彿已具有詩的性格。

她的部分散文，亦兼跨了小說的領域。以我個人最欣賞的〈浪子麻沁〉一文為例，在荒山深野中，作者與一個遺世獨立的原住民相遇，一個是疲憊迷途的登山者，一個是原始不馴的原住民獵人，代表的立場卻是對比而非相剋的。從作者接受了麻沁的照拂，到探究他身世之謎的夜談，情節的發展十分緊湊，並充滿了懸疑的氣氛。對於時代潮流推捲的無奈，原是存在於世界的每一個角落，多少作家以此為題材，寫下無數可歌可泣的洋洋巨著。徐如林卻只以一個獨力抗拒時潮的老原住民，一個充滿戲劇性的一夜，就給了讀者強烈的衝擊與震撼。

另一篇〈松蘿湖〉，藉一個大學生尋找一個傳說中的湖泊，到這個湖被大眾傳播工具渲染開的經過，表達了理想與現實的衝突。作者的功力，在不說教的情況下，使她為大自然環境請命的苦心，溢於言表。

此外，〈山訓日記〉、〈太武雄風〉、〈哈隆・烏來〉、〈求生記趣〉諸文，是另一種性格的表現，天真漫爛的情懷，幽默風趣的筆調，令人看了，不禁發出會心的微笑。

也許正因為她沒受過正統的文學訓練，所以很容易跳脫窠臼，出塵脫俗自成一格。徐如林的成就也許還少，但絕不是不勞而獲的。我和她認識了一段時間，深知她在中國古典文學的領域裡，曾自行下過一番功夫，建立了深厚的基礎，是以行文流暢，舉重若輕，隱約已有大家風範。

如果一定要指出美中不足的地方，那可能是：她對自已的能力缺乏信心，不敢放手嘗試結構較大的文章，因此，任許多可以鋪展成小說的題材荒廢。例如

〈松蘿湖〉一文，只要稍加經營，即可成為一部出色的中篇甚至長篇小說，充分反映這一代大學生的思想作風。而徐如林卻以能力不足自謙，實令人有暴殄天物之憾。

一個新作家誕生，需要多少的鼓勵與關懷？站在登山朋友與讀者的立場上，我除了給予適度的鼓勵，並熱切地期盼她在文學創作上，能有更上一層樓的進展。

【三度出版序】

以孤鷹行的姿態重新出發

徐如林

光陰似箭、歲月如梭……記得小學作文時，經常用這八個字開頭，當時，只是覺得這樣起頭很文青。沒想到半個多世紀之後，在《孤鷹行》第三度重新編排出版前夕，我真真確確的感受到的，竟然就是「光陰似箭、歲月如梭」。

是的，四十年前，《孤鷹行》集結我高中與大學時期的作品，作為個人生命歷程一個小小的里程碑，青澀的年代、真摯的感情，那些發生在山林間的人事物，還歷歷在目。

沒想到四十年轉瞬即過，這四十年來，我經歷過《與子偕行》的日子，和楊南郡一起登高山、調查古道，一起揹著背包遊歷國外的名山大水；一起生養兩個孩子，從學走路時就帶著他們上山；近幾年，更一起利用古道為線索，走進一段一段少為人知的台灣歷史……

而今，我的人生又回復到孤鷹行的狀態，這個時候再度重編《孤鷹行》，對我來說，是一個意義重大的啟示。

「孤獨的鷹，才飛得高」，年輕的我，這樣鼓勵著重新調整人生的我。

我從小就是個不知天高地厚的小屁孩，個子雖小膽量大，經常做一些讓人捏一把冷汗的事，從中得到冒險過關，腎上腺素與腦啡加速分泌的快感。

然而，我也有過柔弱甚至暗中垂淚的事，那是在調查清代八通關古道時，面對山洪暴漲，隔天卻不得不渡溪的狀況。心裡惦記著家中年幼的兩個孩子，原本不顧死活的人，竟然第一次有怕死感覺。「為母則弱」是我當時的心情寫照。

另一次感到柔弱無助，是在去年八月中，當楊南郡因為食道癌轉移至淋巴，歷經七次手術、二波的放射治療與化療，仍然止不住癌細胞強烈的攻勢時。白天，我冷靜的接待一波波探病的親友，為他們解說病況；冷靜的與醫師、牧師討論安寧緩和療法與受洗的流程；卻在他第一次，因為無法忍受劇烈疼痛與窒息感，開始請院方施打嗎啡時，於凌晨四點，躲在浴廁裡崩潰大哭。

再堅強的人，也會因為心有牽絆而柔弱。鷹也如此。

我小的時候住在三峽山邊，結婚後四次買房子，不論在士林、內湖、新店、金山，也都依傍著山而住。春天，常常和小孩在住家附近，看著母鷹帶著學飛的小鷹低空盤旋，一面飛翔一面呼應小鷹的鳴叫。秋天，則可以看到兩隻正在愛戀中的鷹，為築巢而往來奔波。

心有牽絆的母鷹，無論多麼強壯，可摶扶搖直上數千公尺，做為母親與妻子，也只能壓抑自己高飛的本能，緩緩盤旋在低海拔的郊山上空。

鷹啊，我希望在高山之上與妳相遇！

「孤獨的鷹，才飛得高」，即將由中年邁入老年的我，現在卸下一切羈絆，以孤鷹行的姿態重新出發了。

一〇六年一月十四日

【二版序】

原汁原味的孤鷹行

徐如林

在四十歲時，重新出版二十歲寫的散文集，有一種說不出的微妙感受、些許欣慰、淡淡惆悵，彷彿還是昨日發生的山林故事，指尖還記得按壓岩石的觸感，髮梢還留著高山刺柏的冷香，初次登頂的歡躍、身懸崖壁的驚懼、圍繞營火的溫馨、唱遍山谷的豪壯……驀然驚覺：已過了二十年？

《孤鷹行》這本散文集，在民國六十七年出版當時，曾經連賣了三版九千本，卻因為出版社的「收攤」而告絕版。十幾年了，在山上、在登山社團，還不時遇到這本書的讀者，素昧平生的人一聽我是作者，驚叫欣喜的反應，難免讓人自我陶醉一陣。當然，接下來就是一串埋怨：「為什麼要讓這本書絕版？」「妳看，我這一本都翻爛了！」「妳知道嗎？我們侵犯妳的版權，把《孤鷹行》影印傳閱。」……

最初出版《孤鷹行》只是做為大學四年的紀念，因此絕版了也覺得無所謂，然而這麼多年來，發現有那樣多的人，藉著這本書，把心靈延伸到台灣的高山上。無論是在山巔林間曾經感受相似情境的登山者，或是此生從未背過背包的主婦、上班族，竟然都能從字裡行間找到令他們感動、得到激勵、開展視野種種超出作者預期的效用。這時，輪到我被感動、被激勵，並深覺汗顏了。

在晨星出版與我洽談《孤鷹行》重新編排出版前，我已經看過，並且極端喜愛「自然公園」書系，它的再生紙印刷與淡雅的設計，流露自然素樸之美，每一本書都表現了作者對自然的熱愛。我幾乎是不假思索地就答應讓《孤鷹行》成為「自然公園」書系的一員。

二十年前的文章，有些地方現在看起來有點幼稚、有點不合時宜，想到要再行出版，第一件事就是急著要修改。然而，我終究不曾增刪一字一句，就讓二十歲的文章，忠實地扮演二十歲的心情吧。

秀小大行

已經站在南下的火車上，我還不明白為什麼我要參加這支隊伍？我本有最不適於登山的條件：這樣矮小的個子，使我很難一步跨越障礙，每次掙扎地翻過倒木，每次在石縫間踟躕，我總不斷地提醒自己：「妳，不是爬山的料子！」但是，山的召喚是那樣強烈。每次有人準備上山時，我總是不知不覺地湊在整理行裝的行列裡，去分享那一片忙碌的喜悅。這時，全身的血液都會騷動起來，踏入山區的感覺是何等奇妙！我出生在群山環抱之中，走進登山口時，就有一種回家的感覺；渴飲山泉時，彷彿在吸吮母親的乳汁；當夜幕四瞑時，升起一小堆營火，蜷伏在樹根虯虬的營地，感到像母親的懷抱一樣安適。
我還是不明白為什麼我要參加這支隊伍？我是全隊裡唯一的「異性」。

山路

山路蜿蜒直上，路旁盡是被太陽晒得枯黃泛白的矮箭竹，我最害怕走在這種路上，走著走著，四周的景觀永遠一樣，一點「成就感」也沒有，彷彿永遠也走不到盡頭似的。山路蜿蜒直上，手臂和雙頰都發紅而刺痛，每跨一步，額間就要迸出一顆汗珠。但是這時腦子是最空閒的，在體能接受最大限度的試煉時，正是思想得以飛馳的時候。

有時在遮天蔽日的茅草叢裡，一點路跡也找不到，這時必須弓下身去，像蛙泳一樣奮力地推開草桿，四面八方都是茅草，真叫人沮喪。這時反倒懷念起矮箭竹坡的開朗，至少在那兒，可以相互吆喝，可以看到天，而不像茅草裡，連空氣都是抑鬱的。

走在森森的原始林裡，呼吸潮溼而帶著腐木味道的空氣，最易讓人陷入莫名的興奮。森林裡的山路都鋪滿鬆軟的黃金蕨，常引得人想躺下來，做一個下午的甜夢，瑩潤的水晶蘭、鮮麗的蕈子，都可帶來一陣欣喜。但是在森林裡待太久，慢慢地會陷入恐懼中，清晰地聽到自己的呼吸聲、自己的腳步聲，狐疑的天性漸起，直到重見天日，每一個人都如釋重負，快快跑到陽光下，讓冷汗變成熱汗。

到秀姑巒山和尖山的山路大致都是很平廣的，百年以前，八通關古道已開闢完成，走在「父子不親斷崖」上，經過「雲龍瀑布」下，想像當年淘金的人潮，是帶著怎樣滿腔的信心走這條路？那秀姑巒的山腹裡，蘊藏著多少人的希望？我幾乎被這種單純的希望和篤誠的信心所感動。

心路

我不知道為什麼我能走得這麼快？通常別人走三步的距離，我必須走五步，但是我踩著細碎的步子，總能自始至終保持一定的速度。這就是只要讓我走在前面，不久我就能把別人遠拋在後頭的原因吧？第一天，第二天，我的氣焰是多麼高漲！以一個小女子，走得讓每一個大男生苦追不已。看別人信心摧折時，有時是一種殘忍的快樂。但是，當時只想到我表現的快樂，以及疾行的快感。

當我面露微笑，斜倚著樹幹，譏嘲氣喘吁吁的後到者：究竟誰是弱者？我覺得一陣得意。

料想不到竟引起公憤，他們嚷著：「抓著她，別讓她再走！」有比這更沒風度的嗎？有比這更不公平的嗎？我氣得坐在一旁，你們能走多快先走好了！突然，我變得內疚不已，男人要維持可憐的自尊，是多麼的不易。當我走不動時，可以要求領隊暫停而毫無愧色，但是一群男人要求女生等他們一下，是多麼難以啟齒的。逼得出此下策，我覺得有若悲劇英雄一樣可敬可憫。我是多麼的自私，一點點表面的犧牲，如能換回全隊的士氣，難道不應該試著去做？

我仔細地盤算：如何才能讓他們顯得強壯一點？如何能讓他們充分表現男性氣概？不由地感覺自己長大許多。也許，明天有人會告訴我：男女的體能畢竟有先天的差異。也許，有人樂意扶我一把。但是我絕對相信：明天他們的行進速度，一定快得令我追趕不上。我狡猾地笑了笑，我從來沒有當過殿後將軍，明天不妨試一試。

死者

通往尖山的路上，有一個殉難的登山者，是在風雨中，在饑乏下，慢慢地凍餓衰竭而死。每次聽到山難事件，總不期然地心裡一陣緊抽。對於這一位早我們幾天出發，與我們走同樣路線的山友，他的逝去，就像雷殛一樣震撼我。一個登山者死在山上，就如馬革裹屍一樣悲壯！我可以想像幾年以後，也許有一次我也會遭遇同樣的命運，體力耗盡，無助地慢慢死去，那是怎樣的一種感受！

據說凍死的人都是咧著嘴，露出一副嘲笑的面孔。是嘲笑山鬼永遠不能再傷害自己？是嘲笑來收屍的人，不免也要被人收屍？是滿足於自己死得其所？

原住民嚮導以斷續的國語和忙碌的手勢，比劃他的死狀，以及他們運屍的方法。他意外地得到一雙登山鞋，顯得格外興奮。我們都不忍再聽，偏過頭去默哀，安息吧，山友。但是，不能安息的卻是自己的心。

秀尖

秀姑巒像一顆碧玉，靜靜地倚在玉山一側，四月的晴空，把它襯托得更加秀麗。這樣好的天氣，使視野變得十分寬廣，從中央山脈北段到南端，都可以飽覽，可以感覺隔鄰馬博拉斯山的洶洶氣勢；可以看到狀如雕刻刀的尖山，黠慧地逗引。究竟為什麼登山？每次在山頂上都有相同的迷惘，上了山頂後，就不得不下山，而下山，給自己的挫折感有多深？阮籍途窮而哭，亞歷山大因無可征服而死。出發前，上攀時，遭遇再大的困難，總有一股信念支撐著，但是，到達山頂後，準備下山時，不禁迷惑了，得到一顆三角點和有照片為證的新紀錄；失落的，卻是看不見，數不清的「意志」。

莫上最高峰。

營地

中央金礦有一棟將塌的小草屋，是淘金者留下的遺跡之一，我們將在這裡宿營三天。在草屋外升起野火炊煮晚餐，有一種很溫暖的感覺，好像吉普賽人，流浪一天，回到暫居的窩一樣，有一種蒼涼的滿足，圍著火吃飯，就著月亮高歌，荒山是這樣地安靜，靜得使歌聲充塞在每一個角落，靜得一止住歌聲，就只剩礦坑裡流泉嗚咽。

一百年前的淘金者，是不是也用歌聲來驅遣深山的寂寞？或在月光下，只有篩金的揚水聲，和欣悅的歡笑。如果歌唱，那麼歌聲一定如所有古老的民歌，一樣悽愴；如果歡笑，是否伴有大碗喝酒的豪氣？

煮一鍋茶，算是山上最奢侈的享受。

山友

「此行最大的收穫，不在八通關古道的跋涉，不在山頂的傲笑群峰，而是認識了你……。」

如果有一個人能感受和你同樣的感情，能容你傾訴山林的日子，那是多麼美妙的事！如果這個人也有「山登絕頂我為峰」的豪情，那麼我不禁要把他對我說的話，也對他說一遍。

很久以後，有一次我在山間迷了路，第一次迷路，是多麼地害怕，夜晚蜷伏在溪谷的石塊上，又餓又冷又累，還充滿對前途的疑懼，我想起尖山上的死者，他臨死前也是這樣的嗎？我摸出一張潮溼的紙和一枝原子筆，在微弱的手電筒下寫信，我總得留下幾個字，說明即使在最困頓的時刻，我也絕不後悔走進山林。

信要寫給誰呢？我略為遲疑就寫上他的名字。畢竟，山林裡的事，只有山的朋友能夠瞭解。

——六十四年五月二十日中央副刊

山訓日記

八月六日

懷著忐忑的心情，我獨自踏上行程，這次參加的是山地戰鬥隊的第四梯隊，原本有六個同學一起報名，只有我幸運地被錄取。路上，六天多采多姿的憧憬，使我興奮得不能自已。

報到過後，大家開始忙碌起來，寫家書、蓋徽章、結交新朋友，我則去看士官們練習跆拳，四點半集合，換上迷彩裝，一個個成了頑皮豹，只是我的「豹皮」又寬又大，穿起來有點像小丑。緊接著是分組、頒發小隊旗，隊名中都有一個「山」字，「過山刀」，「翻山羊」、「遊山豹」、「爬山虎」等等，我被分到「黃山鶯」隊，實在有點沮喪，隊名真不夠威武啊！

晚上的開訓典禮由張雲濤指揮官主持，大家挖空心思，就是想在自我介紹中一鳴驚人。呵！九十多個人名，我大概記不到九個，解散後，我獨自在山寒訓練中心到處參觀，山寒中心處於四面高山的環抱中，前面是湍急飛揚的大甲溪，營房森森，在半輪月光中，使我想到細柳營。

八月七日

昨天晚上一直興奮得睡不著，今天四點多就起來整理內務，把棉被又掀又壓弄了半天，還是像個饅頭。是一個晴朗的好天氣，我鬆了一口氣，早餐又像昨天一樣對號入座，還得自己帶碗筷和椅子呢。過後張教官示範內務的整理，嘿！教官摺的棉被也不見得比我的像豆腐乾啊。

拍過紀念照後，教官開始講授各種登山用具，教我們如何把兩條共長七米二的吊繩纏在腰上，然後由助教指導我們打各種繩結，這些簡單的繩結，初中童軍課都教過了，我也客串助教，幫忙教那群似乎從沒上過繩結課程的學員。下午就要開始登山特技練習了，不知道我有沒有足夠的勇氣通過各種課目。

我被分到第二教練組，由徐教官帶領，先從繩索下降開始，在教練場前，教官不厭其煩的一再講解各種下降法以及要領，由助教一一示範，然後就輪到我們了，五種下降法中，我們只練習座位式下降，大概是為了安全問題吧。

站在高臺上，看前面的隊友那副驚惶萬分的樣子，也不由得使我緊張起來，輪到我了，我閉著眼睛默念：「膝蓋打直、腰部挺直、上身向後仰……」奇怪？什麼事情也沒發生，我張開眼睛，看藍天白雲在眼前，而腳下正一步一步的往下走，好像天地間只有我一人。到底下時，助教對我說：「早上的繩結學得不錯，現在的下降做得也很好。」我真是得意極了。

然後到大甲溪畔的初級教練場，在這裡更過癮了，由繩梯攀上，再沿繩索下降，我連做兩次覺得還是精力充沛，於是再由繩套攀上，這次卻吃了大苦頭。繩套與繩套間的距離那麼長，而我又這麼矮，真要命，在半上不下的地方，我幾乎是寸步難移，稍一用力，整個人就吊在繩上打轉，也不知道掙扎了多久，只聽教官在下面喊：「王素娥，妳已經花了四十分鐘了！」四十分鐘？四十年也不會比這四十分鐘更難挨了，終於在助教們又推又拉之下把我拖上去了。渾身軟綿綿的，好像連一絲力氣都沒有。

晚上劉教官和傅教官教軍歌，有一首〈站就站在前線〉給予我的感受最深，整晚我一次又一次地唱，覺得從來沒有這麼激動過。

八月八日

半夜一直作惡夢，夢見夜間緊急集合，一次又一次，嚇得我一轂轆爬起來，把軍服都穿戴整齊，就等著集合，看看錶，才一點半，別人正酣睡呢！想自己這樣神經兮兮不禁好笑，即使真集合，第一個衝出去也勝之不武，於是又睡了，但仍是夢見緊急集合。果然不久哨音大作，是夢是真？真的集合！匆匆忙忙地整理，忽然有人問要不要整理內務，「當然要！」我根據夢境回答，於是大夥手忙腳亂地開始整理起來，直到教官過來勒令停止，已經大半整理妥當了。夜行軍，真夠刺激，摸黑地走，踉踉蹌蹌地跌了好幾跤，進入一間空屋，在陰溼的地道繞來繞去，走出來時東方已發白了。

早上要練習爬岩，要領講解過後，一個個像壁虎一樣就附到岩壁上了，這是我第二次感覺自己太矮了。扳手和踏腳的地方離得這麼遠，我連踮腳帶跳還是搆不著，真是急死我了，又得麻煩助教了，真不好意思，弄了半天才爬完全部路程。但我還想獨力再爬一次，到中途又半上不下了，被助教抓下來，只好坐在溪畔生悶氣。

突擊吊橋，多刺激！尤其是單索吊橋，上上下下扣著幾個保險，綁得像待宰的豬，呼的一聲就滑下了，風在耳邊響，白雲青山迅速飛舞，頃刻已經到對岸了，真過癮，恨不得多做幾次。但是雙索、三索吊橋還沒嘗試呢！沒上去走過，以為通過要有多大膽量，及至走在繩上，才知道平穩得像踏在平地一樣，只是感受稍稍不同罷了，老天不作美，急雨像冰雹一樣又大又密地落下，但我還想多走幾次，反正早已淋溼了，就在吊橋上淋個痛快。

晚上開座談會，討論的問題是「歐亞關係」、「美毛關係」及「我們應如何自強」，我因為當紀錄，所以沒參加發言。剛開始，對於隊友們發言的深度覺得很疑惑，高中、大專程度會講這些毫無內容的話？而且一再重述別人的內容，起初我覺得生氣，然後感到傷心，是不是目前的升學制度，使得多數學生和時事隔絕，對事情沒有判斷分析的能力？救國團舉辦的這項活動把一般學生的缺點暴露出來，今後有沒有辦法有效地引導青年關心國事，關心世局？

八月九日

早晨徒步到谷關發電廠參觀，我撐著隊旗愈走愈快，等到發覺不對勁時，已經使隊伍拉得太長了。張教官責備我不顧團隊精神，我覺得很難過，若不是好勝心太強，怎麼會只管自己埋頭走？發電廠在望了，我們精神一振，唱著軍歌昂首走進。我像走進大觀園一樣，對各種設備都感到新奇有趣，跟著指導員問東問西，最後他說：「我從沒見過像妳這樣好問的人。」我開心地笑了。

下午講解野外求生的方法，各種毒蛇、草藥及可供食用的植物，我們像一群饕餮，一聽到可吃的植物，就迫不及待地往嘴裡塞，有的酸得我眼淚直冒，有的味道古怪，但如果真有一天在山中絕糧了，這些都要成珍饈了。

晚上到谷關泡過溫泉後，就回來參加土風舞會，我一點也不會跳，只任人拉得東轉西轉，對於大家如此精於此道感到很奇怪，後來才知道許多人週末都會參加土風舞會。我想，若有人肯抽出一部分跳土風舞的時間看看時事，昨天的座談會就會像今天的土風舞會一樣成功。跳到將近十一點大家才盡興，看過一部影片，再聽些明天的注意事項，我們才回寢室，明天要開始野外求生課了。

八月十日

帶齊東西，滿懷興奮地開拔，走了又走，走了又走，在一處岔路分為兩組：一組直達目的地，另一組先上山，下午才到目的地。我選擇上山，走到半途卻沒法繼續上去，就留在半路等他們下來了。張教官在路旁午睡，四周靜得出奇，偶爾有松針落下，都驚動空氣了。山嵐漸起，頃刻四周都被雲霧包圍了，現在若下雨，只好任它淋了，默坐了兩個小時，始聽見隊友們下山的腳步聲，跟著大家到目的地，才知道先到的隊友已經把飯菜都燒得差不多了，我們「黃山鶯」的後半隊和「遊山豹」隊合成一個「吃飯組」，把菜掃空後，就開始升火舉行營火晚會，大隊的營火晚會八點半就散了，接著是各「吃飯組」圍著自己升的小營火打算熬夜，又跳又唱苦撐到十二點已經疲態畢露，再堅持一小時後，大家只好解散了，真的，好累，眼睛又被營火燻得又紅又腫，真該睡了。

八月十一日

早晨是被凍醒的，匆忙地吃完早餐就到溪旁開始刷洗鍋子，天啊，陳年老灰怎麼刷得乾淨？又磨又搓的，總算稍不油膩，就算交差了。在橫七豎八搭起的廚房前照了幾張怪模怪樣的紀念照，其中有一個竹筒煮成的飯，雖然因為水放得不夠，煮得黑烏烏的，還是當寶貝一樣上鏡頭了。真的，除了此時，何處還能再像現在一樣了無拘束？

沿著公路回山寒中心，發現大甲溪在晴空下泛著碧藍，湍急處又有如白色的輕羅翻滾，我看得出神，一些有關大甲溪可驚可怖的故事，都不會妨礙我對它的激賞。

下午測驗過後，大家開始籌劃惜別晚會的節目，離緒不知何時纏上心頭，應該要走了，但似乎一直捨不得離開。惜別餐會上離情已經濃得化不開了，更何況在惜別晚會上驪歌初動之時？「怎麼搞的？妳這傻瓜，該走就走，這樣眷戀做什麼？」於是我開懷大笑，回寢室去，卻感到十分疲倦，好像六天來的疲勞一下子都要補償回來，連作夢的力氣都沒有。

八月十二日

雖然昨天下午，離情已深深的籠罩，但總不像今晨一樣綢繆不去，真的要走了，專車九點鐘就要載我們離開山寒訓練中心，離開教官和助教。如果能多留一會多好，六天似乎太短了，徐教官說：「不要這樣，笑一笑嘛。」怎麼笑得出來？車子開動了，我想起一首歌，前面兩句是這樣的：「歡樂的日子容易過，往事如雲煙轉眼消。」真的，這歡樂的六天過得是太快了，但是這些往事，即使是一絲一縷，怎麼可能像雲煙一樣地被忘懷呢！

——六十二年度金獅獎徵文大專暨社會組第一名

茂林的日子

去茂林之前，我們開了無數次籌備會議和協調會議，從茂林回來之後，又舉行一次又一次的檢討會和座談會，但是，每當有人問起：「你們山地服務隊在茂林，到底做了些什麼事？」一下子，我總是回答不出，茂林的日子，一齊在思緒中流轉，彷彿是剛踏上大津橋時，領隊說：「過了這座橋，你們都是老師了！」現在，正像當時一樣百感交集，不過，那時是帶著些許的憂慮，而現在是夾著濃濃的懷念。

救國團「大專青年服務隊」的旗幟在隊伍前飄揚，我一面走一面為領隊剛才那句話陷入沉思，一次山地服務的成行，要經歷多少波折、花費多少心血？經過兩次的更改，最後才選定高雄縣的茂林鄉，為了工作方便，我們分成三個小隊，分別在茂林、萬山、多納三個村落進行，每個小隊以家庭的方式組成，我們家的爸爸是領隊，而我是家裡的老七。我想到我們曾為義賣和勸募而唇敝舌焦；為了在「贊助登山」中籌出更多的基金，曾經冒著傾盆大雨，在泥濘的山路中疾行。我們此行所帶的，不僅是滿箱的書籍用具和充裕的經費，還帶著多少人的血汗和期盼！大津橋已經過了，不久之後，我們就要被稱作「老師」，而我有能力做到我應做的事嗎？

到達茂林村之後，稍稍鬆了一口氣，事情比我想像的要順利多了，睜著大大眼睛的小孩子慢慢圍攏過來，不一會兒就七嘴八舌地講述他們的得意事，同時幫我辨認他們的同伴：那個笑口常開的是蔣德安，樹上那個王志雄最壞了；「樹上那個？」噢，我的天，剛剛一直以為是猴子的小黑影，居然是一個小孩子，大夥爭著講述他的劣跡，我感到一陣黯然，來此之前，我們上過兒童心理學，也知道怎樣感化這樣頑冥的孩子，但是短短的服務期間，能做到怎樣的程度？

按照排定的日程，這一天應該是認識環境與協調，所以下午孩子們要帶我們到「情人谷」時，領隊也提不出異議，因為在茂林，自鄉長至剛學步小孩，都以他們的情人谷而自豪，我們當然要見識一下。過了多納溪的吊橋，眼前是一小片谷地，大半是水田，小部分是種樹薯的旱田。在茂林，擁有水田是很值得驕傲的事。情人谷的底端，有一個瀑布，終年灌溉這一片嫏嬛福地。原住民以往都是以小米維生的，種稻的技術顯然是剛學不久的，因為他們雖然用竹桿比劃，秧苗仍插得歪歪斜斜的。突然一個原住民抬頭問：「王老師來幫我們種稻嗎？」我正想說我不會插秧，忽然想到我沒插過秧，怎麼知道我不會？雖然計畫中沒有幫忙插秧一項，但是領隊說過，一面工作一面聊，是最好的訪問方式。於是毫不遲疑地繫緊草帽，捲起褲管，再小心翼翼地踏入沒膝的泥漿中。插秧真容易學，不到幾分鐘後，就能插得滿像樣了，我想我的樣子一定十分滑稽：渾身泥巴地望著列列秧苗，卻忍不住地把一陣陣得意掛在臉上。

晚上和村裡的幹部見過面後，才知道我們的日程，要做大幅的改動，於是再開始我們那似乎永無休止的協調會議。

趁著就寢前的這一段時間，我獨自出來把茂林好好地看一遍。茂林村比我想像中進步多了，開闢產業道路之後，生活水準驟然提高，全村分成六個鄰，整整齊齊地劃分著，已具備社區的雛形。接連著被人問起：「妳是種田的王老師嗎？」我才知道下午插了一小時秧，在這小村落裡，是多大的新聞。

課業輔導是我們這一次服務的重心，早晨讀訓後，笨拙地拿著苕帚清掃校園時，就一直耽心學童的出席率，因為據說農忙時，小孩子也要到田裡幫忙。上課鐘才敲完，學生已從四面八方聚過來了，掛名牌、編座號，差點忙不過來。茂林國小只有三間教室，隔年招生，所以只有一、三、五，三個年級，學生程度不齊，加上我們這些蹩腳的老師，可以想見開學的第一天是何等場面。

家庭訪視也是我們的主要工作之一，我們分成小組到各鄰訪問，引導他們講述子女的前途、謀生的方法，或幫他們解決疑難的問題。我習慣於獨來獨往，因此一人自成一組。原住民們自尊心很強，不願意聽到「服務」二字，因此我總用「學習」來代替，談得投契時，就引我去看他們養的鹿，鼓勵我試騎一下牛，或把新做好的原住民傳統服飾拿出來讓我試穿。起初我只是把「學習」當口頭禪地說，但是後來發現我真的是來學習的：我學習當地婦女的堅毅和果決；當夜晚乘著涼風撥弄草蘿裡的檳榔時，我學習山地生活的逍遙和曠達；但是，最叫我難以忘懷的是一天晚上，一個老原住民問我：「年輕的，有為的人到了你們平地，都不肯回來，妳說，我們要怎麼做，他們才會心甘情願地回來？」我正要開口，驀然想到：這不正是我們所遭遇的難題？原住民們一直把我們當做是萬能的，我望著他期待的臉，實在不忍告訴他，我們平地人也無法解決人才外流的問題。只好安慰他：「等到有一天，我知道怎麼做，再告訴您好嗎？」其實我正想請求他：如果有一天他知道怎麼做，告訴我們好嗎？

剛來的幾天，都是萬里無雲，這天好不容易飄起幾朵雲，所以決定下午帶小朋友到萬山村。浩浩蕩蕩地走到半途，烏雲突然大塊大塊地聚合，頃刻大雨如注，所幸我們一向有隨身攜帶雨衣的習慣，但是這麼多孩子怎麼辦？把登山雨衣拉開，讓六個小朋友躲進來，我彷彿覺得自己像母雞一樣，正翼護著底下六隻騷動的小雞，鬆動的山石，遇雨很容易坍方，不得不加緊趕路。躲進萬山村的屋簷下時，大家的衣服都溼透了。「老師，我們好冷！」呼喊此起彼落，只好把準備送萬山村的衣服拿出一部分來給他們換，一件一件地找，一個一個地幫他們換，汗水像雨一樣地滴下。雨暫時歇了，萬山村的小朋友也出來歡迎我們，本來一起唱歌，不知怎麼搞的，竟然變成壁壘分明的對唱比賽，萬山的小朋友比茂林的更加精力充沛，而且占了地利人和，眼見自己的學生快要無歌可唱，我們比他們還要焦急，真恨以前不把國語、算術課拿來教他們唱歌。

到深夜雨還是淅瀝的下個不停，在茂林的日子裡，深夜寫信，幾乎是一件最快樂的事，尤其像今夜這樣，雨聲和著蛙鼓，加上遠處傳來淒涼的歌聲，把一個古老部落的深夜，烘托得如此幽遠。我知道這清淒的歌聲是來自當地一群青年的聚會，在茂林的日子裡，我們一直以不能和當地青年打成一片為憾事，我多麼想推門而出，循著歌聲找到他們，坐下來輕和著古老的呢喃，又恐怕突然出現，打破這深夜的寥遠，已經凌晨三點了，歌聲依舊，我也依舊側耳傾聽著。

為茂林村舉辦一個運動會，是我們幾日來最艱鉅的工作，不但要配合環境，設計一套比賽項目和規則，比賽的獎品，也是令人傷透腦筋的。十六項賽程，每項分成四組，真夠我們忙的，壓軸的拔河比賽，還幾乎要演變成劍拔弩張的局面，所以當運動會終於圓滿閉幕時，我們連欣慰的微笑也擠不出來，累得只想就地躺下，好好地補充體力，以參加當晚的小米祭。

課業輔導已接近尾聲，我們舉行一次學藝競賽來測驗輔導的效用，作文比賽的題目是：「我的家鄉」。每一個小朋友都用稚拙文筆，描述茂林優美的風景和令人懷念的情人谷，然後寫出他們對鄉土的熱愛，「我愛茂林，我永遠也不要離開它」，這幾乎是共同的結論。面對著這些文章，能不感喟？從不願離開茂林，到不肯回到茂林，這中間發生了什麼變化？我迫切地想知道！

多納村已經結束服務，到茂林和我們會合，小朋友眼見我們就要離去，一下子驚慌起來，到哪裡都可以聽到一片挽留聲，聲聲摧肝，也只好強忍著解釋為什麼不能不離開的原因。根據「媽媽會」時的意見，我們決定在惜別晚會上，為茂林的朋友，升起他們有生以來第一次見到的營火。從黃昏起雨絲就飄個不停，我們雖然想到營火晚會可能無法舉行，但是仍然把一根根木材架起來，想到這些日子來和茂林的人們建立的感情，想到要離開這些天真的孩子，彷彿眼前這堆木材都變成一個個小朋友。「是的，老師。」是他們最慣用的回答，每次宣布什麼事，聽到大家齊聲答應：「是的。」總有說不出的快慰。而現在，我所能做的只是祈禱雨快點停，讓他們有一個值得回憶的營火會。

雨絲終於不再飄落，一個熊熊的火堆在低聲的讚嘆中燃起，我們盡力把氣氛弄得歡樂，但是當營火逐漸熄滅時，強抑的哭聲已自四周升起，方才的歡樂，立刻被別離的哀傷所取代，我們自己的隊員也忍不住抽泣起來，這是在茂林的最後一夜。我一直不明白，何以一群人能在短短幾天內，打入一個素未相識的社會裡，和他們共享樂、共榮辱？但是，我們的確做到了，而且我相信其他的社會服務隊也做到了。也許是因為我們付出了全部的關切和真誠——我相信真誠可以打通一切隔閡；但是我們這個晚上所需要的，是決絕的勇氣以面對一片哭泣，勉強振作起來，把他們勸慰回家，為了怕獨處時離愁襲人，我們聚在餘燼旁，天南地北地消磨這漫漫長夜。

早晨正在讀訓的時候，就瞥見一個個小影子散在四周，平時最搗蛋的孩子也乖巧起來，自動幫我們把校園還原，開過一次總檢討會後，便開始收拾行囊，囊橐稍微空了，卻因為盛載過多的淚水，而無法繫牢。歸途中又下起大雨，卻沒有一個取出雨具，早就被淚水浸漬了，還在乎一點雨水？

當別人再問我：「你們山地服務隊在茂林，到底做了些什麼事？」茂林的日子依然在我腦海裡流轉，但我只能低聲地說：「他們送行時流的淚水，比我們在那裡的汗水，還多，還多。」

——六十三年度金獅獎徵文大專暨社會組第一名

最後一夜

兩年後，我又來到茂林村，而現在，已經是最後的一晚了……

朋友們大家來喝酒，一定要喝老米酒，如果你喝醉，不要亂說話，唱歌也可以，跳舞也可以，朋友……

不必像平日集會一樣地敲鐘，只要在廣場中央擺幾打米酒，邀約幾個同伴圍著唱歌，漸漸地，圍過來的人愈來愈多，終於，整個部落的原住民都聚齊了。今天晚上，是我們山地服務隊留在茂林的最後一夜。早上，伍小玲偷偷地向我透露，晚上他們要盛裝為我們舉行一場舞會，經過十多天來日以繼夜的奔勞，每一個隊員的精力都透支過度了，我委婉地懇辭，她笑笑地走了。

但是由廣場傳來的歌聲，像波濤的律動，一陣陣地拍擊過來，不由得讓我們擱下整理中的資料和行李，隨著歌聲的牽引，走向廣場。

「老師來了，老師來了！」剛剛拉成一串的長龍暫時停下來，斷裂成數段把我們接納進去，一瓶瓶米酒在隊伍中傳遞，我不禁皺緊眉頭。茂林是全省米酒最大的消費地，這裡的原住民個個嗜酒如命，甚至連兒童都不免，有一首他們最愛唱的童歌：「真好喝，白米酒加可樂，我就把它呼嚕呼嚕喝下去，在路上，搖來搖去擺來擺去馬布舒古尼……」我們在村落裡枉費多少唇舌，還是無法收到實效，在為我們送行的舞會裡，竟然反過來要灌我們米酒？「老師，喝嘛，喝一點點就好嘛。」望著他們可憐兮兮的請求，再堅定的決心也崩潰了。算了，幾百年的習俗，哪裡是幾天內能改得了的？「老師，你不喝我們大家都不敢喝了嘛！」我只好仰起脖子灌下一大口米酒，酒瓶傳過去，歡樂的氣氛立刻又回到長龍的人群中。

我張眼四望，嚇，當真是盛裝的舞會呢！魯凱族的傳統服裝，一向是鑲銀繡珠華麗非常，再加上頸掛的、頭戴的珠飾，看得我眼花撩亂。相形之下，我們這幾個簡直像乞丐一樣寒酸。那是平常瑟縮害羞的小姑娘嗎？那是最愛搗蛋、髒兮兮的小鬼嗎？穿上傳統的服裝後，居然都變得有點成熟了。我伸開手，握緊了隔鄰伸過來的手，現在我已經成為隊伍的一部分了，正跟著歌聲，以緩柔的步伐，隨著隊伍左晃右動。剛才喝下去的米酒，正在體內流動，意識有點模糊，卻較能體會這緩慢擺動的精華。山地的朋友，也許我們沒有直接的血緣關係，但是現在我們的血管裡，都有一種相同的液體在流動。

有一個祕密藏在我心裡，想要悄悄地告訴你，自從和你認識以後，我的心裡多麼快樂……

我也有一個祕密要告訴你們：能認識你們，我們也是一樣地快樂。這原本是茂林最有名的情歌，一般在婚禮中都要唱的，我很高興在今天送行的舞會裡，他們把這一首歌唱了又唱。

山地人，哎呀山地人是個優秀的民族……

另一首昂揚的歌配合著較快的步伐唱出來，是的，你們是個優秀的民族，你們有樂天的生活態度，你們有純樸真摯的情感，天生有藝術家的審美觀，有歌唱家的嗓子，又能吃苦耐勞，你們的確是個優秀的民族。只是，你們要有自信，不必盲目羨慕文明社會的浮華，好好保存你們優良的傳統吧，不要為了喝酒，作出傻事。我希望這一首悽切的歌：「親愛的好媽媽，不要把我嫁給外省人……」永遠在你們茂林村絕跡。

「我們魯凱族的舞，就是這麼單調而已，你們大概跳不習慣吧？」旁邊的一位山地婦女帶一點歉意地說。

「哪裡？我覺得非常有意思，光是唱這些歌看這些人，就覺得很有意思，而且這樣慢慢地走，比較不會累。」

她釋然笑了：「其實我們舞跳久了，自然就覺得有一種說不出來的味道，有時候我們連跳三天三夜，差不多都可以走到你們台北了，但是大家還一直跳，一點都不會累呢！」

有人形容魯凱族的舞，是大地的脈搏，那樣沉靜有力地顫動，那樣舒緩而恆久，沒有花巧，卻總有一種叫你說不上來的韻味，深深地感動著你。酒又傳過來了，我仰頭再喝一口，閉上眼睛，讓自已更能融入擺動的韻律中。這時，一首輕柔如呢喃的歌在左邊緩緩升起，步伐變得更慢了，每一個人都在微醺之中，手和手交聯地拉著，身體因此而不傾仆，就著這沉緩的呢喃，左右地搖擺。長長的隊伍，繞成首尾不相接的圈子，慢慢地移動。排首經驗豐富的原住民，帶著整條人龍，變化成各種隊形，我有點醉了，醉在這古老的歌聲裡，醉在原住民朋友醇厚的友情裡，醉在這寂寞的山谷裡，醉在這半輪月光下。

寂寞的山啊寂寞的水，圍繞著寂寞的茂林村，要消除這千古的寂寞啊，唯有來飲白米酒……

山不寂寞，水不寂寞，我們的朋友啊，你們也永不寂寞的，我們不是老遠地從台北跑到這裡來找你們嗎？

剛認識你就要分手，這到底是為了什麼？伊呀那呀嘿，你知道我心裡難過，為何你要忍心離開我？

噢，朋友，我們不要唱這種憂傷的歌好嗎？我的眼淚已經快要忍不住了。為何要離開你們？我也說不出理由。我們服務隊所訂的期限到了，我們的家都在台北，我們還有很多事情要回去做……這都是理由，也都不是理由。我們怎麼可以承認：我們只存著過客的心情？

老師老師你不要走，你走了叫我怎麼辦？……

我們不走又能怎麼辦？我們缺乏史懷哲那種情懷，我們有太多事物拋灑不開。我們雖然離開了，但是依然關心你們，依然是你們的朋友，我們能夠寫信來互相勉勵，不是嗎？我們跳舞唱歌喝酒吧，星月這樣皎潔，多納溪水也在唱歌，讓我們唱一些歡樂的歌罷！

馬嚕嚕馬嚕嚕哩叭叭哩——叭哩……

這一首輕快的菲律賓民謠，是我帶著唱出來的，「啊啦哩歐、啊啦哩歐」，我們的幾個隊員幫著我大聲唱出，企圖把氣氛再變得快樂起來。沒想到一個年老的婦女卻大聲的哭了，她用原住民語說了一大堆話，請我們再多唱幾回，原來這首歌與魯凱祖先的捕魚歌很相似。唱了一次又一次，加上我們搖手擺臀的動作，大家都笑了，我正在慶幸氣氛已經好轉，沒想到一首哀傷的歌又緩緩地唱出：

如果你要走的話，請你不要告訴我，當你要走的時候，請你不要來看我，我的眼淚像多納河一樣流不完……

前天一個沉靜乖巧的國中生，對我唱起這首歌，他顯得比別人聰明但憂鬱。他說這一首歌是他自己作的，我驚訝於他的才華。而茂林原住民的歌唱天賦也令我驚訝，只一會兒功夫，已經全體都能跟著唱出來了。但這首歌太哀傷了，我不忍再聽下去。我們結束舞會吧？大家都累了。

親愛的老師呀，忍耐到天明，今天晚上，已是最後的一晚……

這一首更加悽愴，高挑的音調，像千針萬線，在我心中腦海裡穿迴，把我們的手穿在一起吧！把我們的心縫在一起吧？我們雖然明天就要走了，但是我們在這裡留下的友誼種子，不會一起帶走，它們將會發芽茁長成蔭。親愛的朋友呀，你們也忍耐到天明吧，謝謝你們為我們舉行的這一個舞會，讓我們在歌聲跫音中，深深地感受了你們傳統的精髓，這是我有生以來，最值得回味的一夜。我們本以為可以帶給你們些什麼，沒想到卻從你們這裡帶走更多……

親愛的魯凱朋友呀，讓我們一齊沉浸在這古老的舞步中，讓我們一齊等待到天明吧。

——六十七年五月九日自立副刊最後一夜

浪子麻沁

最早認識浪子麻沁，是在鄭愁予的詩裡：

三月的司介欄溪　　已有涉渡的人
雪溶後柔軟的泥土　　召來第一批遠方的登山客
浪子麻沁　　該做嚮導了
該去磨亮他尺長的番刀了
該去挽盤他苧麻的繩索了
該聽見麻沁踏在石板上的

勻稱的腳步聲了

而獵人自多霧的司馬達克歸來
採菇者已乘微雨打好了槽
少年和姑娘們一齊搖著頭
哪兒有麻沁　　那浪子麻沁
「哪兒去了那浪子麻沁？」
面對著文明的登山人
全個部落都搖起頭顱

全個部落都搖起頭顱
無人識得攀頂雪峰的獨徑
除非浪子麻沁　　除非浪子麻沁
無人能了解神的性情

亦無人能了解麻沁他自己
有的說　他又回城裡當兵去了
有的說　雪溶以前他就獨登了雪峰
是否　春來流過森林的溪水日日夜夜
溶雪也溶了他
他那　他那著人議論的靈魂

一直認為浪子麻沁是一個神話，如果不是有一次……下午三點五十二分，我們九個人頹然坐在箭竹林裡，四面八方都是遮天蔽日的箭竹。而我們經過五天半的跋涉，照理，照原定的行程，現在應該已經到了有人居住的地方。可是，這密不透風的箭竹，哪兒是我們的路？

「已經休息十五分鐘了，」我提醒領隊：「再過一個半鐘頭，天就黑了。」

「這就叫做束手無策，坐以待斃。」一個隊員試圖製造一點輕鬆，但是，誰也懶得理他，只一口氣接著一口氣地嘆了起來。

「領隊！」我實在受不了這樣沉悶的氣氛，便霍然地站了起來：「讓我去探探路吧！一直坐下去總不是辦法。」

沒有人阻止我，領隊把山刀交給我，吩咐了一些不要勉強、早去早回之類的話，我便不得不走了。

一頭鑽進箭竹林，窸窸窣窣地穿行，十多分鐘後，一股山林的孤寂，便自然而然地侵襲我。不定的前途，未可知的命運，一陣悲壯蒼涼的感覺，瞬間傳遍全身，我抽出山刀，胡亂地砍出一塊空地，便不顧一切地躺下來。

也不知道過了多久，森林寒氣浸透了我，睜開眼一看，白茫茫一片，五點了，起霧了，我應該回去找他們，但是，我剛才走過的路呢？

找一處較疏鬆的竹縫，走不到五十步的距離，小徑豁然在我眼前，想到一分鐘以前，我還在一片深沉的恐懼焦灼中，不禁啞然失笑。沿著獵路愉快地奔行，突然眼前一亮，一隻灰褐色像松鼠的小動物，被一根繩子倒懸著。我不禁停下腳來，仔細地觀察牠，這是一個簡陋的陷阱，卻總有倒楣的動物撞進來，顯然牠已掙扎很久了，懶得再做徒勞的努力。一絲惻隱飄來，我拔出山刀，把繩子割斷。適時，一隻手伸過來，把獵物接了去，我驚駭得瞪大眼，眼前一個矮小的原住民人，手裡拿著那隻吱吱怪叫的松鼠。

「是你的陷阱？」我不好意思地趕快轉一個話題：「請問從這裡到檢查哨要多久？」

他沒有回答我的問題，而用一種十分瘖啞的音調反問我：「妳是不是還有八個朋友一起來爬山？」

八個朋友！那麼他顯然已經發現他們了！一陣狂喜，我緊接著問：「他們在哪裡？能不能帶我去找他們？」

他用一種奇怪的眼光看我，慢條斯理地說：「我剛才在路上遇到他們，朝著檢查哨走過去了，沒有辦法追到他們。天快黑了，今天先住在我家，明天再下山。」說完，他自顧自走了，我愣了一會兒，便急忙跟了過去。

他在前面大步的走著，每隔一段時間就停下來等我，但是當我快接近他時，他扭頭又走了。雖然我很想停下來，考慮一下目前的處境；雖然我很想追上去和他交談幾句，但是我除了拚命追趕之外，別無他途。大約一個鐘頭後，我們來到溪底，這時夜幕已經拉得很低了。他像獵狗一樣趴在地上，急促地嗅了嗅，便小心地布置另一個陷阱。技術那樣純熟，手法那樣快速，使我不禁多看他幾眼。一般的原住民年輕人，很少有這樣好的身手。但是有經驗的原住民人，又往往酗酒過度而五指不聽使喚。眼前這一個原住民，很難讓人判斷他的年紀：歲月在他的額上、手臂上到處留下痕跡，但是有些地方，好像連時間也對他無可奈何一樣。

沿著溪谷走一段，然後在他協助下爬上一個幾乎是懸垂的峭壁，到了他家了。我原以為他所說的家只是一個獵寮罷了，沒想到真的是一個「家」，一個相當不錯的家。我把我的驚訝告訴他，他顯然很得意地笑了起來，又不安地搓了搓耳朵，然後把一扇當作門的木板移開。這時，我瞥見天狼星已經掛在樹梢了。

有一片茅草鋪起來，比較高的地方是床，靠近門邊有一個吊鍋和三根未燒完的大木頭，顯然這是廚房了，一面牆上，張著幾張獸皮，掛著幾塊乾肉，牆角有半袋白米和幾個空酒瓶。他先點著一個燒起來吱吱怪響的油燈，大概是動物的油脂，氣味怪難聞的，然後蹲下來兩三下升起一團火，出去提半鍋水。等到鍋裡的水滾得嘩啦嘩啦響，倒進一瓢米，然後變魔術般的掏出各種東西，統統加了進去。

從進門到現在，我一直坐在他的床上，打量著這個家，注視他的動作。一個獵人擁有許多獵寮是正常的，但是在荒山上，有一個長時期住下來的家，那就不尋常了，同時，我也沒見過單獨行動的原住民。不管怎樣，有這麼一個人總比沒有好，至少今天晚上我不至於挨凍受餓。

眼前一個大問題是：我要如何和他攀談起來？一個漫漫長夜，兩個人在一起不交談，一定非常難熬，但是，要怎樣開始呢？我緩緩走過去，用最簡單的話自我介紹：「我叫徐如林，是從台北來的。」他張口結舌地愣了一下，然後說：「我叫麻沁，是從環山來的。」

「麻沁！浪子麻沁？」我不禁嚷起來。

空氣立刻凝結，他攪動鍋子的手停下來，柴火嗶剝地響，火光熊熊地跳，我眼前的這個人，真是麻沁嗎？他實在沒有任何一點像麻沁啊？突然我大笑起來，原來我對浪子麻沁的想像太神話化了！眼前的這個人，才是不折不扣，真正的麻沁呵！

大概是笑聲把緊張氣氛給沖淡了，麻沁繼續攪動鍋裡食物，我則繼續解釋為什麼我會認識他：「很久、很久以前，我就聽過你的故事了，有一個叫鄭愁予的人，替你寫一篇詩。我們都在猜測：究竟真的有一個浪子麻沁嗎？我們都在猜測：浪子麻沁怎樣消失的？」

鍋裡的東西熟了，濃稠了，發出咕嘟咕嘟的聲音，麻沁把鍋子取下來，把火弄小，從牆上的掛鉤取下一個鋁碗，舀了半碗遞給我，再割下手掌般大的一塊肉，丟到火裡炙了炙，夾進我的碗裡，然後他端起鍋子，把剩下來的食物倒進鋁盆裡，沒有回過頭來瞧我一眼，就端著鋁盆出去了。

我坐在火堆旁，藉著火光檢視我的食物：棕紅色的大概是羊肉吧，油油羶羶的，咬起來卻又老又韌，我用盡力氣撕扯了半天，總算把它吃完，加在粥裡的有一些玉米，一些蠔菇，和一顆顆不知道是什麼東西的綠色小球，味道卻是不錯，大概是巢蕨的嫩芽吧？

吃過以後，我走出屋子找主人，他正面對著山谷蹲坐著，丟在一旁的是吃空了的鋁盆，他不曾察覺我走到背後，直到我洗碗的聲音驚動了他。

麻沁進屋裡拿幾根柴火，拿一塊塑膠布，在屋外升起一堆火。我知道他今晚準備睡在外面，不禁微微不安，從遇到他到現在，只經過三個多鐘頭，也不過只交談三兩句話，吃他的晚餐，睡他的床，還把他趕出屋外，豈不是喧賓奪主？何況，由於到了一個完全陌生的環境，遇到一個神話裡的英雄，我興奮的情緒一直平息不下，此外，誰能忍得住不去探究他那謎樣的靈魂？

「麻沁，你不告訴我一些你的故事嗎？」

他呆了一會兒，然後裝作沒聽到似的，繼續升他的火。我覺得十分沒趣，慢慢踅進屋裡，坐在床邊彎下腰去脫我的登山鞋。由於剛剛溯溪時，不小心踏進水裡，三雙毛襪都溼了，只好先烤乾它們。

烤著烤著，眼皮漸漸沉重，我打一個呵欠，伸一個長長的懶腰，瞥見他，浪子麻沁正站在門口；我慌忙站了起來，把毛襪聚攏，讓出一個位子給他。

麻沁坐下來，把柴火撥弄一下，火焰立刻明明滅滅地逐漸旺盛，映照著他的臉也是明暗不定，但是，最重要的是他的臉本身在變化，他的眼睛一下子慈愛，一下子落寞；一下子狡黠，一下子疲乏；他的嘴角扯動全臉的皺紋，也在急促地變化。我被這景象嚇住了，多麼希望逃出這種氣氛，這種揉合各種情感的氣氛！

「十幾年了？這是我第四個家，」他終於開口了，完全平靜地述說。因為當晚他說得太多太雜，同時他的表達能力不甚好，我只能根據我領會的寫出來。

麻沁似乎天生就註定要當領袖，他短小精悍，眼力像鷹一樣敏銳，腳步像狐一樣輕巧，奔馳的時候像鹿一樣迅捷，蟄伏的時候像蛇一樣無聲，族裡的獵人不得不另眼看他，部落裡的少年們，打心底欽慕他，而那些故意在他跟前逡巡的少女們，只要能蒙他看一眼，就會自樂半天。

麻沁破格地提早取得獵人的資格，只一次經驗，每一個人都願意跟他同行。他能嗅出森林裡的每一種氣味，他能聽出動物恐懼的呼吸聲，他隨手安置的陷阱，總是有動物踏入，好像他天生是森林之王，打獵就像去收取貢品一樣，甚至有人傳說只要他撒網，溪裡的鱒魚都會自動跳進去。所以，雖然他總要拿走最多的獵物，從來沒有人會有一絲不滿。每一個人都死心塌地地佩服他，愛慕他，但是，麻沁只愛自己，只愛森林，而他最大的過失，便是不肯委屈自己來順應族人。豐年節三天的狂歡，每一個人都在偷偷地探詢：「麻沁怎麼不見了？」誰也猜不著他正在山頂縱覽群峰，那在冬季裡閃爍著白雪的山巔，那被原住民視為聖地的雪峰，麻沁終於把它踩在腳下了！

攀頂雪峰是麻沁一直深藏在心底的願望，從知道它的存在後，從親眼看到它起，有一個聲音就時時刻刻的催促他：上山，上山！時間，讓他感覺自己的肌肉逐漸強壯，催促他的聲音也隨著時間愈來愈緊迫。終於，麻沁佩起彎刀，盤起繩索，朝著雪峰攀上去，途中他沒有停下來喝一口水、吃一點東西，他像著魔一樣只是不停地走，雖然他不曾有「朝聖」的概念，而他的行為卻完全像一個朝聖者。經過一天一夜，天明的時刻，麻沁傲然立在山巔。此時，一路上的怖悸、疑懼，完全地消失了，晨風吹拂他，陽光浸濡他，麻沁仍然傲立著，天地在為他脫胎換骨。他在山頂上又站了一天一夜，連他自己也不知道是什麼力量在支持他。第三天，他出現在祭典的群眾間，一陣歡呼，每一個人都擁到他周圍，但是，大家立刻又退縮了。那不是麻沁，雖然和麻沁長得很像，可是，他完全是一個陌生人。

麻沁不曾察覺自己有多大的改變——只除了更愛孤獨，更想上山。而全部落的人都看得清楚：麻沁中魔了！他只要想上山，立刻付諸行動，往往十天半月才回來，沒有人知道他到過哪些地方，也許是整個雪山山彙，甚至中央山脈北段，都留有他的足跡，他可能是有史以來最偉大的登山者，他不帶任何裝備，也不為什麼目的，只為登山而登山。

族裡的人看著他不治生產，不參加圍獵，只千山萬壑地遨遊，便都叫他浪子麻沁，「浪子麻沁」這四個字，包含著多少惋惜與愛憐？

東西橫貫公路動工開闢了，先是一小隊一小隊的探勘，不久以後，大批大批的器械、人員湧來，炸山推土，橫貫公路蜿蜒地經過環山，第一批遠來的登山客也來到了環山，他們急著找嚮導，但是沒有人知道如何登頂，只除了麻沁。只除了麻沁！小孩子四處去找，在溪畔把午睡的麻沁找來，竟然也有愛登山的人？麻沁喜出望外，毫不推卻就擔任嚮導。麻沁的名氣傳播開來，每一隊來登山的，都能有一位最佳的嚮導帶領。

接下來是談到麻沁去當兵，這一段他不肯講太多，只是恨恨地說大家都瞧不起他。他既不識字，又只懂原住民語，雖然努力地想做好每一件事，但是幾乎每一件事都藉機捉弄他、取笑他，最後他忍不住乘夜逃走了。然後他可能是不敢回家，就潛居在南部的一個都市裡，這一段時間裡，他看盡了都市文明的黑暗，山林裡的那一套生活方式，在這裡沒有一樣行得通，他像一片漩渦上的樹葉，為了求生而掙扎不休，但是仍難逃捲入深水的命運。

麻沁想念環山的家，想念在森林中徜徉的日子。他擺脫了幫派的追捕，乘火車，搭柴車，步行回到環山，只一年的時間，環山變得太多了！村落附近的森林被砍伐殆盡，改種一棵棵光禿禿的小樹，有的地被剷平，有的地方被填高，環山已經不是他熟悉的環山了。麻沁回來囉，麻沁回來囉！小孩子互相奔告，圍在他四周又叫又鬧，麻沁只怔怔地望著那原是森林的土地，如今有一些平地人住進來，往後的日子多麼不堪想像啊！山要被剷平，森林要被砍伐，族人要過那種陰暗的文明生活！麻沁到頭目家裡，打算講出他這一年在平地的所見所聞，以阻止整個村落步入文明的陷阱。但是，他根本沒有機會開口，他聽見先前來拜訪頭目的平地人，一聲聲地稱讚頭目的開通，連聲地謝謝族人的合作，一切都無法挽回了！

麻沁依然過著從前那種日子，在山林裡徜徉，在溪畔流連，似乎只有小孩子喜歡他，其他的人往往只是意味深長地看他一眼。種植果樹的同時，環山的原住民也種植香菇。現在雨後匆匆地入山，已經不為打獵，而是去趕收肥碩的香菇；從前休閒捕魚的日子，現在正是果樹剪枝的農忙時期。麻沁眼見族人一步步走向平地人的生活，除了憂戚之外，只有等待，他相信：「終有一天大家會覺悟的。」

麻沁逃避兵役的通緝令下達環山，村長派人去找他來，但是好些人都久久不見他了，登山季湧來環山的登山客，四處打聽麻沁的下落，但是麻沁呢？那浪子麻沁！

麻沁考慮了很久：他留在村裡，什麼事也幫不上忙，反而要眼睜睜地看他的親友走入萬劫不復的境地，若說要回去當兵，回到那曾經逃出來的地方，他是萬萬不肯。那麼，他唯有躲進山間，躲進他最適於生存的地方，躲進沒有外界能傷害他的地方。他先在環山附近住下，但是不久，開闢範圍更大了，經常有人在他住所近處經過，逼得他不得不及早遷居，然後一遷再遷，這一個家已經是第四個居所了。他過最簡單的日子，以簡陋的工具捕獸，吃最簡單的食物，住最簡單的屋子，從來不和別人來往，只除了偶爾下山賣幾塊獸皮，買一袋米，幾瓶酒。

「麻沁，難道你離開環山後，從不想回去看看？」

「是的，」他回答，聲音稍稍怪異：「三年前，我最後一次搬家前，曾經回去看過，和我想像的不一樣，他們日子過得很好。」

是的，去年我到環山時，發現山地的富庶，竟超過平地許多。一棟棟精緻的紅瓦房，裡面陳設的都是最現代化的家具，梨、蘋果和水蜜桃，幾乎就是一株株的搖錢樹，幸好麻沁當初不曾勸阻成功，否則環山哪來這樣快速的進步？

「那麼，」我不勝疑惑地問：「麻沁，你為什麼不回去？」

「回去？」他疑惑地看我。我真笨得該殺，怎麼問出這樣的問題來！還好他平靜地回答：「我愛山，愛森林，愛我自己一個人，只有在山林裡，才有我的快樂。」

他語氣那樣堅決，他神色一片肅穆，忘記了他逃避兵役的過錯，一下子我被感動了，我不是也愛山嗎？我不是也愛森林嗎？為什麼我不留下來，和麻沁同過這種遺世獨立的日子呢？

麻沁瞅我一眼，恢復他前面那種拒人於千里之外的神情，只說：

「睡覺，明天妳要回家了。」

夜裡突然下起驟雨，早晨我是被一陣雨聲驚起的。庥沁已經坐在火堆旁，可能一夜沒睡，他滿眼紅絲，好像一夜間老了許多。他催促我快吃完早餐，因為溪水很快要漲起，而送我走後，他也要準備搬家了。又要搬家？那豈不是等於是我趕他走的？庥沁笑著安慰我，他幾個月前就想搬家了，但是人老了，懶得再搬動，現在藉著這個機會強迫自己搬家，應該感謝我呢！他雖然是笑著說，但我可以隱隱感覺到那一絲絲蒼涼的感慨。

溪水果然漲得很高，奔騰著向谷底流去，潮流的來到，不也是千軍難擋的？何況以浪子庥沁之力，怎能挽回過去的日子？呵！庥沁，他是這樣一個悲劇人物！

我緊緊的跟著他的腳步走，雨勢剛歇，樹梢的水珠愉快地滾落，到處泛著新鮮的朽木味，一些野蕈努力地生長。庥沁的腳步卻是緩慢而沉重的，他已經老了，年齡和時代的潮流，同樣是人力不可抗拒的。

穿出密林，繞到山的向陽面，麻沁指著遠處的派出所，指點我的方向。陽光把他臉上的皺紋刻畫得更深刻了，我發現麻沁的背脊，竟也有點佝僂。這一個倔強的靈魂，曾經以他自己的方式，頑強地抗拒時代潮流的推捲。但是，麻沁老了，真的老了，他將要遭遇愈來愈多的困難，而解決困難的能力卻愈來愈薄弱。麻沁，妥協吧！我真不忍心想像你的將來。

「從這裡下去，路很清楚，小心點走，一個多鐘頭就可以到部落了。」說完，他舉手致意，返身進入森林。

「麻沁！」我大喊一聲，我應該再勸他一次，好教他放棄那與世隔絕的孤寂。

麻沁緩緩轉身，帶一點迷惑地望著我。在幽暗的樹影下，精神和活力，彷彿又回到他身上，他的眼神仍像鷹一樣閃閃發光，我想起昨天黃昏初見他時，他矯健的身手實不遜年輕人。獅子老虎，永遠只適合於山林生活；同樣的，只要在山林裡，痲沁永遠是英雄，永遠是森林之王，我為什麼傻到要勸他放棄最適合他的生活方式？更何況文明世界本是我所厭棄的。

痲沁仍然疑惑地望著我，我想到自己的矛盾，不覺啞然失笑，連忙揮手大聲地喊：「沒什麼事，我只是忘了向你說聲謝謝。」

——六十四年六月二十五日中央副刊

孤鷹行

我決定自己一個人去走南湖中央尖，你千萬不要像別人那樣追問我：究竟為的是什麼？

獨行

在思源埡口跳下車來，亮麗的陽光立刻灑了我一身，真好，如果不是這樣的好天氣，恐怕我得改變心意去武陵農場。車上的乘客幫我從窗口遞出背包，「好重！」他咂咂舌，「慢慢地走，登山的朋友，我看得出妳一定能走成。」我點點頭向他道謝，把背包甩到背上，開始踏上我孤寂的行程。

七一〇林道上靜得只有風聲，現在正是樹莓成熟的時節，林道兩旁就掛滿了這種鮮紅的果實。我脫下帽子，用來盛裝採擷來的果子，帶著松香的風，立刻吹脹了我的頭髮。「幸好能力排眾議，照計畫出發了。」我想：這樣美好的一條路線，如果跟著大隊人馬來走，一定得銜枚疾行，而低著頭趕路的人，就算是登千座峰行萬里路吧，所看到的，恐怕僅是自己的汗水，滴落在前人的腳印上罷了。

裝備

從一個月前下定決心獨自上山起，就陷入一種莫名的情緒：好像數年來累積的失望，獲得了補償一樣舒坦；又有正要以身犯險那種激動；帶著朝聖的心情列出我的弱點，卻又有向大自然挑戰悲壯的驕傲。

為了這次的行程，我細心地考核自己：耐餓的極限是多少？負重的極限有多大？行進速度的極限是怎樣？忍耐孤獨與寂寞的程度又如何？勇氣和毅力是否也足夠？

然後我記下我將攜帶的東西：六天的行程裡，我帶了九天的糧食，因為糧食不足所引起的恐慌，恐怕會令我打消一切信念；為了減輕負擔，我儘量減少禦寒衣物，我一件一件地自背包中抽出來，直到只剩下一件毛衣；我帶了一罐凡士林藥膏，用來保護嘴唇，因為當我下決心時，有緊咬下唇的習慣，而這一趟路程，一定有許多機會，需要決斷的。我沒有多餘的力氣，可以揹一頂帳篷，只好改裝雨衣，兼作帳篷使用，在三千六百公尺的高冷地帶，也許這是一種冒險，而我無法不下這個賭注。

雖然儘量縮節裝備，但是當捆紮好背包時，試揹之下，也不禁變了臉色。拖到磅秤上一看，果然，二十三公斤半，超過了我體重的一半，也超出我負荷的能力。我把背包重新解開，看了半天，沒有一樣東西是多餘的。怎麼辦？我和自己商量，終於咬緊下唇，再度揹起背包，頭也不回地走了。

山莊

雲稜山莊是在一片密林裡，我一直沒有想到，它居然躲得那麼遠。

走到木杆鞍部時，看看時間還早，忍不住躺在草地上，享受這一個溫暖恬靜的下午。一覺驚醒時，日影已經西斜了，我敲敲腦袋，懲罰自己的粗心，便匆匆地起身找尋山莊的影子，但是山莊在哪裡？我站在一片廣袤的草原上，極目四眺，但是山莊在哪裡呢？

我走進東面的密林裡，一下子光線又暗了許多，在密林裡上下穿迴，但是山莊在哪裡呢？光線愈來愈暗，我心也愈來愈焦慮，這麼久了，還不見山莊，是走岔了？是走過頭了？剛剛在草地上休息時，一時大意把水喝光了，此時愈心焦愈口渴，我開始後悔為什麼莽撞地就獨自上山了？幽深的密林裡霧氣瀰漫，陰森森的更添神祕。我何德何能，敢向自然挑戰？一下子我萬念俱灰，只陷入一片無盡的懊悔中。雲霧開了少許，夕陽把最後的一束光投在樹梢頂，再不走，更遲了。我用力地咬牙，直到把乾澀的下唇咬出血來，又開始摸索前進。

這不是幻想吧？我眼前出現些許橙色的點，然後逐漸擴大，連成一幢房子，是山莊？雲稜山莊！一切疑慮都消散了！我跌跌撞撞地衝下去，直衝到山莊門口，端起門口的小桶，把整個臉埋進去，痛快地喝個夠，滿足地靠在鐵皮牆壁上喘氣。然後我卸下背包，把頭伏在膝蓋上，哀哀地哭泣……一直到現在，我才明白我是多麼地軟弱。居然在僅僅三公里的小徑上，掙扎了三個小時，在這一段信心真空的時間裡，我幾乎徹底地被擊敗了，而在此之前，我一直以為我是永不落敗的。

終於我再度打起精神，為自己煮一頓豐盛的晚餐，卻食不下嚥。我到門外繞一回，確定今夜不會有危險。抬頭一看，頂上一小塊青天，綴滿了寒星。

鑽進睡袋裡，把臉熨貼在冰涼的地上，我為明天的行程猶豫，今天的表現實在太差了，明天，我應該繼續走，或者，要有回頭的勇氣？

遠處傳來狗熊低沉的悶吼，三兩隻野鼠自牆腳鑽進來找尋糧食。我蜷縮在睡袋裡，怎麼也睡不著。白天，我可以傲笑山林，但在這樣幽森的夜晚，寂寞自四面八方湧來。「天啊！」我自內心喊出來：「我究竟是怎麼搞的，何苦來受這種折磨？」

孤鷹

推開山莊的門，嗨，多麼美好的清晨，薄霧剛剛散盡，到處洋溢著清新的喜悅。昨夜的顧慮都變成了多餘的，走，我當然要繼續走！

才翻上稜線，眼界立刻開闊，南湖大山、中央尖山、合歡群峰、聖稜線歷歷在目，我歡呼一聲，丟下背包，在平廣的稜線上跑一陣，忘了早晨出發前和自己約好的絕不隨便休息的規定。我掏出記錄簿，在上面記下：「風景絕佳處，休息十五分鐘。」

坐定了之後，才發現盤旋在我上方的，是一隻老鷹，牠正以曼妙的姿勢，迎著起自山谷的風，在山巔上翱翔。為什麼牠要飛在這僻遠的地方？除了冷杉，除了岩石，牠能在這山上找到什麼？我索性躺下來，全神貫注在這一隻奇特的鷹上，牠那整齊的羽翼，在陽光下熠熠閃閃，而在強勁的氣流下，卻紋風不動，好像自出生以來，就是這樣開展雙翼，就是這樣地盤旋不已。

牠如海鷗岳納珊一樣，在尋求飛的極致嗎？牠並沒有莽撞地嘗試各種飛行的技巧，只如「道家」一樣的順著自然遨遊。這樣鎮日孤獨地飛翔，牠寂寞嗎？飛翔在這人跡杳然的山間，牠彷彿主宰了天地。

什麼景象比一個盛筵的散場，更加淒清？什麼時刻比置身於人海中，更令人感到孤獨？寂寞也許是一種至高的境界，那不是一個「社會動物」所能體會的。

一個久未通訊的朋友，曾經給我一句話：

「孤獨的鷹，才飛得高。」

下山後一定要找到他好好談談。在初中時就能說出這樣深刻的話，也許現在已經是一個哲學家了。

南湖

很多人說南湖大山是一個帝王，如果主峰是頭，南北兩峰是左右手，那麼，這天晚上我紮營的地方，不正是他的心臟嗎？在營地的附近，我找到一泓清泉，自岩隙間汩汩流出，我用它來泡了一大杯檸檬水，一面淺啜著，一面在營地周圍漫步。這被稱為「南湖山莊」的圈谷，據說是千萬年前冰河的遺跡。紮營在圈谷底，仰望四面都是嵯峨嶙峋的峰頭，肅穆之氣，自心底油然而生。

我再度回到水源旁邊，這涓涓細流，流到此地就滲入岩屑之中，穿過圈谷底下，流出去時，已經是南湖溪的上游了。這水源自何處？我充滿了好奇心，雖然已經脫掉登山鞋了，我赤著腳攀著岩石朝上爬，泉水時沒時現，終於止於一片潮溼的岩壁前，我把耳朵貼在岩壁上傾聽，水聲淙琤，岩壁內是空的。然後我繞過這一塊大岩石，大約再爬了兩三分鐘，眼前豁然開朗，是一個更完整的圈谷！一個好像自開天闢地以來，就不曾被闖入的圈谷，全部是以整齊的岩片鋪成的，在陽光下亮得耀眼。我躊躇著是否應該踏上去，踏進這個在我看來是很神聖的地方。

這寒漠上寸草不生，在陽光照不到的那一面，冰寒砭骨。我坐在圈谷的中央，四周靜得無一絲聲音，這片刻永恆裡，讓我覺得天地間只有一人。然後我伏在地上，暖融融的陽光照在我背上，岩屑反射的熱氣溫暖地包圍著我。「明天在這兒再住一天吧！」我想：「這種感受，我還捉摸不住。」

晚上，我在水邊搭好我的克難帳篷，半夜，我聽見山羊的蹄聲，輕快地敲著岩片，在我身旁，愉快地喝水。

山巔

選擇一條不是人可以走的路，我就冒然地想爬上山巔，接近峰頂時，陡峭的坡度幾乎無法留人，何況揹著大背包，每一步踩下，細碎的岩屑就紛紛崩落，我差不多是整個身體貼著地，以避免滑落。算了吧，退下去可以走正路，一樣是爬到山頂。我一面想，一面仍倔強地繼續上爬，就要到了吧？我抬頭一看，不禁倒抽一口冷氣，頭頂是一塊懸垂的大岩片，總有四五噸重吧？那樣顫巍巍地擱著，算不準哪個時候要滑下來。我屏住呼吸，輕輕地向右移動我的位置，唯恐一點騷動，就會觸發無限的危機。

好了，好了，我終於爬上頂了，我快速地奔過去，直奔到三角點前，踏上去的那一剎那，我不禁喜極而泣了。

起自太平洋的風，獵獵地吹著我，高山上過多的紫外線，已經把我晒脫了一層皮。眺望南邊的中央尖山，想到明天可以在對面山巔上回眺此地，升起豪情萬丈，我愉快地笑起來。

現在我有足夠的心情，可以細心賞玩高冷地帶的春天了。選擇這一段時間上山，

為的就是要欣賞這一季的繁花。在這樣的高山上，每年只有這幾天是花季。彷彿每一朵花都知道良辰易逝，搶先地把生命的精華在一夜間迸放，華麗的紫雲英、高山毛茛、阿里山龍膽，楚楚惹憐的薄雪

草，一點都不吝惜地把嫩紫豔黃，撒滿了整片淺草坡。

溪谷

無法由稜線縱走至中央尖山，只好先下至溪底，然後沿著溪谷，直溯上去。

對峙在中央尖溪兩岸的是千仞危崖，一路懸泉飛瀑，即使像今天這樣麗日當空，萬里無雲的天氣，谷底依舊寒氣逼人。充塞在四周的，盡是溪水奔騰飛揚的隆隆聲，飛濺的水沫，把溪底的石塊弄得又溼又滑。曾經有一個朋友，在石塊間跳躍的時候，摔斷了左臂，而使南湖中央尖一行功敗垂成，「我絕不能出絲毫差錯，」我想：「而在石塊間騰跳，誰也不能保證不會失足。」因此，我決定儘可能地涉水。

「嘩！這樣冷！」一腳踩進溪裡，冰冷的溪水立刻使我全身血管收縮起來，我猶豫一下，另一隻腳也踏進來，冷冽徹骨的水淹沒了我的膝蓋，溪水強勁地奔竄著，凍得麻木的腳，幾乎站立不住。

但是我仍要說，這溪谷是全程的精華，幼年期的地形，突起陡落，崩落的岩塊，嶙峋的排列，兩岸沒有一棵樹不是虯蟠如龍的。愈走溪床愈小，最後的一股細流，就埋藏在一堆亂石中。依然看不見中央尖山，但是爬在碎石坡上，仰望盡頭，青天一片湛藍，從U型的缺口中瀉下來，黝黑的岩肌突兀地刻畫著天空，好像要對宇宙提出無盡的質詢。「那是永遠沒有答案的，」我低聲地自語：「就像我一次又一次地踏進山間，從來也找不出一個理由。」

感恩

也許我一直受到過多的關懷，而不知道如何為別人著想，當我寫到浪子麻沁千山萬壑地跋涉時，我想到我也應該有這種經驗：拋棄所有的人際關係，單獨地走進自然裡，以我自己的方式肯定自己。於是我就出發了。

而大自然，不懲罰我的驕妄，展示給我的，比我想追求的還多。而所有的朋友不責怪我的傲慢，在一連串的勸阻之後，給予我詳盡的資料和更多的祝福，留下耽心和憂慮，直到我安全回來。

我究竟是怎樣，要接受這麼多的關愛？

下山後，朋友給我的第一句話是：「嗨！妳是一個幸運的女孩！」我是一個幸運的女孩，我心充滿對世界的感恩，因為它不斷施予，從不企求。也許，我應該開始學習，怎樣把我的關懷散布出去……

——六十四年十二月十六日中央副刊

不屈的意志

編輯先生：

去年十月間，三位南市登山會的青年縱走南湖中央尖，因遇豪雨下溪谷時被沖走兩位，剩下一位張錫鍾先生以無比的意志力克服一切困難活著回來。我覺得一個人在精神與肉體都遭受如此重大的磨難的時刻，仍能堅持永不屈服的決心，實在值得欽崇。

本文如蒙採用，能否在十月二十四日刊出，因為那一天是兩位山友遭難的日子。敬祝

編安

徐如林　十月十四

出發以前，誰會想到我們將出事？出事以後，誰會想到我能活著回來？是的，我回來了，帶著兩個好友的死訊，我活著回來了。

啓程

像所有的登山者一樣，我們爬過幾座有名的高山之後，便自然想到了南湖中央尖。南湖大山名列台灣五岳之一，雄鎮中央山脈北段；中央尖山號稱台灣第一尖峰，崢嶸的山勢往往嚇住許多登山者。

這兩座名山日日夜夜出現在我眼前，縈繞在我夢中，終於，我開始整理裝備，並敦促我的兩位好友同時啟程。

厝角鳥仔林武勝是我的老搭檔，如果你知道「厝角鳥仔」的意思就是「痲雀」，我想我可以不必再多加介紹了，事實上他是那樣地單純坦率如赤子，你儘管可以不喜歡他又吵又鬧又饒舌，但絕對無法懷疑他的善意。

另一個夥伴是王啟河，他是我們三人中最斯文的。雖然他是屬於那種較為含蓄的人，我仍能體會出他那又緊張又興奮的心情，因為我們從小就是最要好的同學。從他那難得出口的豪語，以及那興奮得發抖的聲音，我知道我強邀他來走這一趟山，是再好不過的事。你要知道，這是他一生中第一次登高山呢！

豪情

當然，我們事先看過了許多資料，對路徑十之八九都有把握了，加上我們年輕力壯，老實說，我們並不把這次活動看得特別嚴重。第一天按計畫地在雲稜山莊過夜，第二天一翻上稜線，南湖群峰和中央尖山就歷歷在目了。這樣明朗的天氣，這漾清晰的路徑，很容易激起一個人的豪情。上審馬陣山時，我看到平日沉穩的王啟河，竟歡喜得又笑又跳又呼嘯，不禁也感動起來。他說要繼續登高山，到死無憾；

他甚至說將來結婚以後，要把太太兒子全帶上高山。這一天晚上，我們住在南湖圈谷，燒了一整夜營火，想到明天就要攻上主峰，興奮得幾乎睡不著。

山怒

我不知道我們是否觸怒了山靈？否則何以天空頓時陰霾起來？山披上了灰黑色的斗篷，立刻現出肅殺之氣。但我們不怕，雖然狂風在耳邊尖聲呼嘯，吹得我們睜不開眼睛，直不起身來；雖然驟雨像針一樣刺人；雖然我們的雨衣早被風雨撕扯成碎片，我們還是咬緊牙關，繼續步向征途。狂風獵獵、雨霧茫茫，我們在稜線下摸索前進，不時要用力搓打凍僵的四肢。我愈走愈覺得心寒，天氣壞得太不像樣了，王啟河的體力好像也到了極限，厝角鳥仔的風涼話仍在繼續，但音調有些不太自然。

走了一整天，好容易才走到南峰。架好帳篷卻升不起火來煮晚飯，大家把預備糧分吃了，然後鑽進睡袋。風吹得帳篷好像要被掀起，收不住的雨勢就嘩嘩地瀉下來。我雖然閉上眼睛卻了無睡意，看來我們得打退堂鼓了。

「厝角鳥仔，」反正睡不著，我乾脆起來和林武勝商量明天的行程：「這樣大的風雨，你想不想再走？」

「不知道，」他好像有些精神恍惚：「我有一個不太好的預感：總覺得這次我會死在溪谷裡。」

「不要胡說！」我趕快打斷他的話，訝異地發現：他說話的神情，完全不像平常開玩笑的樣子。

「這樣大的雨一直下個不停，中央尖溪水大概漲得很高。我想，我們還是折回去吧？」他這種半哀求的語氣中帶著一絲哽咽，著實令我嚇著了。如果這句話是昨天晚上說的，我不但要好好地取笑他一陣，可能還要懷疑他是否瘋了。但是經過一整天的風雨行，我竟也沒有自信走完全程。

當山發怒的時候，我們才能夠體會到自己的渺小與脆弱。崇山峻嶺間的溪谷，即使水量不大，水勢仍是逼人的。何況這樣的暴雨傾瀉，溪水奔騰的氣勢，哪能容我們探足？

「好吧！你既然不敢下溪谷，我們明天一大早就走回頭路，可以吧？」我掩飾不住心中的懊惱，如果厝角鳥仔堅持要前進，明天就能攻下最後一座山，但是他竟像我一樣畏縮了。算了，我們憑什麼和自然狂暴的力量抗衡？我嘆了一口氣，重新躺下，順手抹去一顆滾落的淚珠。

艱苦行

如果我們不急著趕路，也許我們會沿著來時的途徑下山，但是我們恨不得快快地趕到南山村，去喝一盅熱酒，換一身乾衣服，然後搭上最後一班車回台南。就是這樣一念之差，我們選擇了奇烈亭這一條捷徑。沒錯，這是條捷徑，但也是一條我們都不熟悉的路徑，而且，已經許久沒有人走過了。

也許我們一開始就走上岔路，總之，路愈來愈不對勁。但是我們有一個想法：只要順著溪走，總會走出去的。耶克糾溪在腳下奔流，大雨自頭頂淋下。

「繼續下雨吧，天公，」厝角鳥仔咬牙切齒地說：「回家以後我要改信基督教！」

終於，我們無法走在溪底了，水量已大得足夠沖走我們。只得爬進山腰的原始森林裡，反覆地接受斷崖、峭壁、荊棘與瀑布的挑戰。米已經發霉了，木材溼淋淋的根本無法升火，飢寒交迫原來是這種滋味，更何況陡峭的山腰，連讓人擺平的地方也沒有。五天，五天都在原始森林中挨過去的。厝角鳥仔走在最前頭，我跟在王啟河身後，看他拖著蹣跚的步伐前進，真令我內疚不已。如果不是我的鼓勵，這一輩子他大概都不會爬山吧？更不必跑到這荒野來忍受飢凍。每次望著他搖搖欲墜的身子，努力地苦撐著，抿著發白的嘴唇說不要緊，我就忍不住地責怪自己，何以要把他誆上山來？

厝角鳥仔找不到路的時候心情特別壞，滿口粗話不絕於耳，但是聲音一天比一天小了。我知道他在前面開路，體力消耗得比我快，一天吃不到一小撮麥片，五天下來，精鋼打造的筋骨也受不了。

「我們還是想辦法攀上稜線吧？」我聲若游絲地提出建議，但是眼前兩張苦笑的臉立刻否決我的主張。在這裡看起來，稜線是那樣高不可攀，而我們的體力又已透支過度。老實說，我也只剩下一口氣，如果現在讓我睡著，或許我會長眠不醒。

死與生

「我們不能一直窩在這溪谷中消磨體力。」第九天晚上，雨水早已淋透了我的臟腑，胃也早餓昏過去了，但是我們的腦筋還相當清醒，清醒得可以計算自己絕活不過三天。對岸遠處有一片山坡好像開墾過，如果能夠涉溪過去，總比困在這岸等死划算，我們決定無論如何明天要過溪。涉溪和上稜線同樣困難，但是，不管怎樣，對岸總是看得見的，較有鼓舞力量的。

清早呵開凍手，用盡氣力砍下一棵樹，由岸上絕壁推下溪底，用來作為渡溪的依靠。溪水以雷霆萬鈞的力量，沖擊著我的腰袴，我想起厝角鳥仔曾經耽心他將死在溪谷，便提醒王啟河要把他抓緊一點。

事情的發生和結束都在同一瞬間，一個失足一個踉蹌，我的兩個夥伴就消失在眼前了。我抱住樹幹，把身子穩住之後，便放聲痛哭，只一剎那，就陰陽永隔了？我不如跟他們一道去吧？天啊，他們都是這樣善良的人，為什麼要遭遇這樣悲慘的下場？溪水不住沖刷，在它的領域裡不許有東西停留。我掙扎著挺起腰來，不，我要活著回去，我不甘心死得這樣容易！我在洪流中奮力地對抗死神，硬生生地把自已送回岸邊。

我躺在岸上，四肢像虛脫了似的攞著，雨水仍不稍減。我望望溪水，再朝上望望雲深不知處的稜線，又絕望地抽泣不已。

攀

山呵，我不怕你，即使你能折磨我的肉體至死，但你永遠無法摧折我的決心。我已經無視於你的憤怒了，站在你腳下的，雖然是一個衰弱的生命，但是人類敢於對抗自然的勇氣，足以令你的險阻失色。

我拔出山刀，開始往上開路，求生的本能使我吞下一切可吃的東西。有樹根拉的時候，就抓著樹根往上攀；沒有東西抓，就把手指插進泥塊間，奮力往上爬。好幾次滑下來，樹枝刮傷了皮肉，扯破了衣服，但我絲毫沒有退卻的意思。在上攀的途中摔下來，也許會死，困在溪谷裡等人來搜屍，同樣也是死。我有權像一個男子漢，選擇最壯烈的死法，而不必像懦夫一樣，縮在一旁飢乏而死。

一次，我重重地摔下斷崖，好一陣子才悠悠轉醒，當我看到我仍緊握山刀時，禁不住欣慰地笑了出來。山呵，對這樣一個至死不屈的靈魂，你還有什麼說辭？

登山鞋已經破了，露出我紅腫的腳趾，我知道它們馬上開始流血，但我不在乎，我的全副精神都在吶喊著：「向上攀，向上攀！」沒有餘暇顧及幾個腳趾。右手拿不動山刀時就改由左手代勞。一刀一步、一步一刀。我在山的胸懷裡，雖然身如蟻螻、命若游絲，但是上攀的動作一直不曾稍停。虎口開始滲出血來，它們愈裂愈深，拇指幾乎要分家了。我用舌頭輪流地去舔它們，試圖減少一些痛苦，甜腥的味道，令我原已餓昏了的胃又復甦了，一陣陣空腹難挨的絞痛，幾乎要逼得我割股療飢。我知道我陷入了渾沌的狀態，便急忙把額頭貼在冰冷的石壁上。雨水沿著兩頰流下，我努力地握緊拳頭，咬緊牙關，好一陣子才克制住這瘋狂的衝動。

「就要到稜線上了，就要到稜線上了。」我想盡辦法哄騙自己：「雨勢開始收歇了，明天就可以回家了……」

這一個晚上，我蜷伏在一個樹洞內，清晨的慘劇又浮現在我眼前，但我無力再慟哭，還有將近三百公尺的爬升，必須儘量保存氣力。山呵，明天我也許會更加衰弱，但我向上攀登的意志絕不稍減！

山的玩笑

我終於爬上稜線了！我像瘋了般地笑個不住，我真的以飢乏的血肉之軀，從深谷爬上來了？揮舞著山刀，拖著血肉模糊的雙腳，一瘸一拐地走在稜頂的小徑上。如果這時候，我居然能跳起舞來，我也不會感到奇怪。「得救了，得救了！」我渾身上下都充滿著這種快樂的想法。

但這條小徑竟引我回到溪谷，驚駭之餘，我差點要躍入滾滾濁流。這個玩笑太過分了！我千辛萬苦攀上了稜線，居然又被引回溪谷？我一直在山的玩笑裡，扮演一個被捉弄的角色嗎？

一定有別的路，明天只要我活著，我要爬回稜頂。山已經吞沒了我的朋友，山已經奪去了我的全部裝備，山甚至榨乾了我所有的精力，但我仍保有永不屈服的意志力。明天，我也許站不起身來，但我跪行爬行，也要掙脫你的股掌。山呵，我將嘲笑你。

香菇寮

香菇寮？香菇寮！經過好長一段時間的掙扎，我終於闖回了人煙處。我已經衰弱得發不出聲音，但仍能看出灰中猶有餘燼，心情一放鬆，我立刻癱瘓在地上。我聞到食物的香味，卻無力伸手取食。多日的豪雨總算停歇了，陽光初綻，空氣都暖融融的，恍惚中，我以為這就是天堂。

一個小原住民回來了，我精神一振，立刻要起來打招呼，但他像見了鬼一樣地害怕，我知道我滿身傷痕，模樣一定十分狼狽，便努力地裝出笑容，請求他煮飯給我吃。傍晚，小原住民的哥哥帶了三隻飛鼠回來，噢，這美味！這畢生難忘最舒適的一夜。雙腳腫得無法觸地，我在原住民的背負下，愈來愈接近南山村了，這原定在八天以前就該到達的南山村啊，我的朋友是否已流經你的腳下，隨蘭陽溪水流入太平洋了？參加搜救的朋友，在溪畔和我相擁而泣，我能活著回來，近乎一項奇蹟。

「你瘦得不成人形啦，在山上吃了多少苦頭啊？」朋友們關切地問。

我闔上眼睛，輕輕地搖頭，這些都過去了，都變得無關緊要了，唯一值得一提的是：我曾昂然面對大自然的挑戰，沒有喪失作為人類的尊嚴。

——六十五年十月二十三日中央副刊

後記

民國六十五年二月，某登山隊在耶克糾溪谷中拍照留念，照片洗出後，發現溪中大石下，竟壓有一隻腳掌，經有關單位會同打撈，原來是厝角鳥仔林武勝的遺體。距失蹤之日起，正滿四個月，由於耶克糾溪水清澄冰冷，雖經四個月而屍體依然完好如生。

另一位失蹤者王啟河的遺骸，於六十六年十月，在南山村附近的溪岸被原住民發現。經過整整兩年，屍首已殘缺不全，經生還者張錫鍾及死者親友審視遺物，證實確為王啟河。

夜登桃山

農場之夜

武陵農場的秋夜原是靜謐安詳的，今夜卻無端地喧張起來，一輪滿月剛自山際探出頭來，立刻被這景象給嚇住了。剛剛收割完畢的農地上，升起了兩堆熊熊烈火，幾十條人影在喧嘩的笑語中往來忙碌著。接著炮聲喧天，煙花漫射，酒香四溢，兩頭烤成金黃色的乳豬，也散發出令人垂涎的香氣。

呵，究竟是什麼節日，或是什麼事情令他們如此歡樂？月亮好奇地爬得更高，星星也瞪大了眼睛，想要瞧出一些端倪。喜氣洋溢在武陵農場四周，一堆更大的營火在農場中央被升起。

深藍色的天空，像水晶一樣澄澈，寶石一般的星星，把夜空裝飾得更璀燦。秋天，是一個成熟的季節；秋天，是一個收穫的季節。我知道，有一對年輕的山侶，經過了六年的耕耘，也到達了他們感情成熟與豐收的季節。因山而結識的伴侶，將請高山為他們證婚，而所有的賀客，也都是來自各地的山友。

愛山的人總是較為豪放不羈的，何況碰上這喜慶的節日。鞭炮聲繼續不絕，啤酒、火光和高昂的情緒，使每一個人的雙頰都染上紅暈，就著月光，和著影子，歌聲履聲交雜成一片歡樂的夜。

漸漸地，聲音小了，人散了，留下暗紅的餘燼，兀自在廣場中央閃著。武陵農場的夜，又恢復它原有的寧靜，七家灣溪緩緩流，深秋的楓葉慢慢飄。所有的人都熟睡了吧？或許整個農場，只剩下我一個人，在如水的月光下，獨自享受這一片無邊的夜吧？

夜登桃山

桃山的尖頂像一隻巨大的鳥喙，配合著雪山東峰和羅葉尾山包抄過來的兩翼，在夜空下，看起來好像是一隻昂首展翅的黑鳥。

現在，在黑鳥的腳下，一行人點亮了手電筒，蜿蜒地繞著七家灣溪畔的小路，通過吊橋，跳過溪谷的石塊，慢慢地向上爬升。從農場這兒望過去，好像一串游動的鑽石項鍊，又像排列成行的螢火蟲，明明滅滅地向桃山飛去。

午夜，月亮升到中天，我走在隊伍中央，耳邊猶盈滿幾個小時前歡樂的餘音，嗨呵嗨嗨呵，一面喘著氣上坡，一面誇張地把歡樂的歌，用勁嘶喊出來。而這十五的望月，似乎也想湊一分心意，格外鋪張地把那銀白的光灑滿一地。不必秉燭也用不著手電筒了，這清亮的月光，已把往桃山的路照得如同白晝一樣清楚。回望武陵農場，猶如初生的嬰兒，環抱在大地之母的懷裡，酣然入夢。

防火道上的之字形山路，永無止境似地上升，歡唱的聲音慢慢地低沉、低沉，終於只剩下輕輕的喘息聲和腳步聲，隊伍慢慢地愈拖愈長，不知道何時起，已經分為兩段了。前半段隊伍，已走得很遠了吧？後半截的隊伍，不曉得還落後多遠？俯視農場，只剩下一盞昏黃的燈。四周霧氣慢慢騰起，不多時就凝聚成一片雲海，月光下乳白的雲海，在山與山間靜靜地鋪展開來，清冷的空氣，默默地包圍著我，草間的霜點，熠耀生輝，我覺得自己心中，彷彿也有一絲靈光，忽閃忽現，而我的心緒，也如這夜空一樣，變得又清又純。我開始懷疑：我從前真的登過高山嗎？為什麼一直到現在，我才體會到空靈的境界。

讓前面的人繼續爬吧！後面的隊伍暫時還趕不過來，環顧四周，在黑色的山稜與白色的雲海間，彷彿我是唯一伏在大地上的生命。我學夜霧一樣，把自己的思想靈魂也擴散開來。瀰漫在山與溪谷間；我像貓一樣，輕輕地踏在夜的胸膛上，輕輕地呼吸，輕輕地笑。

清晨四點多，月亮已經自樹梢落入草叢裡了，太陽猶眷戀在地平線下端。空氣變得冰涼砭骨，登山的人蜷縮在道旁，忍不住地顫抖起來。部分年邁的山友，受不住高山的寒夜，已經放棄登頂，轉回農場歇息。留下來的，咬緊牙關，抗拒著沉重的眼皮和不斷襲人的寒氣。

有人拿出一罐酒精，分成幾份，幾個人一組圍著它，珍惜地燃成一小朵火，就讓這一點微弱的溫暖，幫助大家度過苦寒，熬到黎明吧！用塑膠布隔開寒氣，每張塑膠布下，有一個小火苗，和一群本不相熟的山友，彼此交織而成的一片溫情。

桃山締鴛盟

登山結婚，原本就是一件新鮮的嘗試，更何況三更半夜地爬山，只為了清晨在山頂締結良緣，幾乎要被人視為一種瘋狂的舉動。但是，所有參加的人都不這麼想。身為這個瘋狂構想的發起人，我當然更有我的理由，想想看，當清晨的第一道陽光射向山巔時，一對新人沐浴在旭日的光華裡同訂鴛盟，這是多麼莊嚴肅穆的場面啊！

東方開始現出一點紅光，走吧走吧！再遲就趕不上朝曦了，重新把精神整頓好，不要讓夜晚的懶散留到日出，這一群賀客的隊伍又繼續迤邐而上。

東邊的紅暈漸漸渲染開來，把雲海染成粉紅色，把峰頭染成橙紅色，把遠山染成紫紅色，箭竹上的白霜，也自然地變成金黃色。

東方更加明亮了，夜裡看來一片墨黑的山，也逐漸現出秋山特有的絢麗，黃的、橙的、橄欖綠的油彩，全被東一塊西一團地刷在山坡上。我們的新娘正一步步地走向大自然布置瑰麗的禮堂，圍繞在四周的山友齊聲喝彩。

在清晨清新的空氣裡，陽光把大自然的祝福灑在這一對山侶頭上，鯨游在雲海之上的群山，是另一批賀客。所有的人都以欣羡的眼光注視這對新人，能夠在這樣美妙的時刻裡，在這樣壯麗的禮堂中完成一生中最重要的儀式，連日月星辰都來參加了。誰能說這樣的婚禮不夠隆重？

部分山友要趕路回家，大部分的來賓仍將陪伴新　新娘繼續縱走喀拉業山。畢竟，喜歡登山的人都難免有一股傻勁，連結婚的日子也不肯放過。

——六十五年十二月號戶外生活雜誌

——六十七年三月三十日改寫

百岳行

百岳只是一個圓滿的象徵。

若說競爭，那也只是登山者與自己的競爭吧？

「好了，好了，終於到了！」他伸手抹去臉上的雨珠，掏出手錶來，瞄了一眼。然後取出記事本，在上面歪歪斜斜地記下：

六十五年六月二十九日，上午十時五十五分。鹿山頂。

「就這樣完成了百岳嗎？」他感到一陣茫然襲上心頭。「為什麼沒有一點預期中的欣喜若狂，反倒只有一種如釋重負的感覺？」爬了那麼多年山，有過多少次傲笑山巔的場面，如今在這鹿山頂上，一切居然都變得如此陌生。一股空虛感自心底升起，他不禁疑惑地想：「難道圓滿之後，只是空虛？」他第一次有了疲倦的感覺，便頹然地跌坐在斷頸的三角點旁。

風雨仍然大作，他打開便當盒，一面撥弄涇冷的飯粒，一面回想起五年前，當他縱走玉山連峰時，因為看不起這個稜尾的小土堆而放棄它，怎麼也想不到，不久之後，百岳一覽表公布，鹿山赫然也排名在內。雖然自己曾說不為百岳而登山，但是當其他九十九岳都攀登過時，人類追求圓滿的欲望，就壓迫自己來完成這第一百岳。

「鹿山呵！」他輕輕地吁一口氣：「如今我依然看不起你，但我卻是冒著颱風天來的。」

他繼續撥弄那一盒飯，想起最近幾次登山，那種患得患失的心情，是與自己以往的登山宗旨背道而馳的啊！他重重地啐了一口，算是對鹿山——但不如說是對自己的鄙夷。手上的這一盒飯，居然這樣難以吞嚥，他生氣地闔上飯盒，霍然地站了起來。

同行的原住民錯愕地看著他，他想解釋一下自己的想法，想想又覺得白費氣力，「這種心情他能瞭解嗎？不要說他，就是平常登山的夥伴們，有誰能夠體會？」他不禁興起高處不勝寒的感慨，開始後悔為什麼要急著爬完百岳？

風雨一陣大似一陣，全身上下都溼透了，他把雨衣再拉緊一點，招呼原住民快些回營地。頓頓腳，稍微驅走一些快凍僵的感覺，也驅走方才那一份落寞。

「現在我是什麼也不想了，只要快點回營地換下這身溼衣服。」在風雨中疾行時，他一面這樣自語，一面過去經歷過的景象，卻像剪接過的集錦影片，一幕幕紛雜地浮在眼前。他想起第一次愣頭愣腦地跟著去雪山，半夜一點鐘便獨自起來煮飯，結果昏昏沉沉地被拖到碎石坡前，那一次就眼睜睜地看人家登頂。「那時真是太不中用了。」

他雖然這樣想，卻忍不住地懷念起當年那傻乎乎的自己。

他想起第一次當嚮導，帶隊上玉山。呵，那一次真是緊張過度了。凌晨三點便把隊員集合起來，在濃霜重露下一次又一次地清點人數，而所有隊員也如臨大敵似的，連大氣都不敢喘一口。現在想來，真是可笑呵！「唉，」他心頭如被利刀戳了一下，猛然想起：「那個時候開始的？那個時候我開始變得沉著穩健？那個時候起，我不再做出那些令人失笑的事？那個時候開始，我能冷靜的、有條理的計畫登山路線？那個時候呵？我開始視成功為當然，不再熱烈地舉行所謂慶功宴；唉，從那個時候起，我就喪失了以往那種盲目忙碌的快樂了。」他的心絞痛起來，難怪在鹿山上提不起一絲欣喜，原來這一份喜樂，早被多次的成功給沖淡了。

「天哪，」他心底在吶喊著：「如果可能的話，我願意用這百岳紀錄，換回從前的心境！」

在狂風暴雨中趕路，雨水汗水爬得滿臉。但這不算什麼，他驕傲地回想起，六十年底，在　風山腰的絕壁上，既沒有糧食，也沒有睡袋，就在雨中熬過一夜，那是多麼漫長的一夜呵，過度的驚懼倒使自己忘了飢寒，表面鎮靜的功夫，一直到現在，還為人稱道。

他突然想起林文安先生，當年與他縱走白姑大山時，也曾經在陡坡上強迫露宿了一夜，就用繩子把自己捆在樹幹上，靜坐了十四小時。雖然只與林文安先生爬過兩次山，但他那登山者的風範卻令人心儀不已。他想起與林先生聯手計畫的新路線，從奇萊北峰西北壁強登。然而，林先生已把他的性命，整個的奉獻給山了，今後，到哪裡再找到這樣熱愛山的夥伴？雨水汗水夾著淚水，這令人心折的登山導師，當他在雨中心力交瘁地吐出最後一口氣時，他會覺得這是最好的歸宿吧？「下山後，」他想：「我一定要到他靈前祭拜一番。」

雨霧瀰漫在四周，四周就是這樣一片白茫茫的，一片無止無休的濃霧。「該到閉鎖曲線峰下了吧？」他擦掉眼旁的雨水，向四下張望一陣，但是山在哪裡？營地又在哪裡？「山」漸漸有了輪廓，在濃霧後面，像一隻巨大的黑獸，自天際猛撲下來。「山呵！」他輕輕地說：「即使你面目再猙獰，我也不怕你。」但是他心底卻開始害怕了，營地仍在霧中，這一大片山坡，哪裡有那一頂黃色帳篷的影子？

原住民也搖頭了，即使眼光如鷹一樣銳利，也穿不透這層層霧氣，更何況，他心頭突然一陣緊抽，「更何況這樣大的風，可能早把帳篷吹下谷底了。」或者那留守的夥伴，根本架不起帳篷，就活生生地凍死在一旁了？「唷呵——唷呵」和原住民兩個人，就在山坡上、溪谷底，忽上忽下地摸索著，喊出去的聲音得不到回應，伴著風聲雨聲，顯得更空洞寂寥了。

從早晨六點自排雲山莊出發，到現在足足走了八小時，但顧不得飢餓，顧不得寒冷，更顧不得疲乏，他只要快快回到營地，他就像一頭失群的野獸一樣，漫無方位地亂竄。「嚇！帳篷在那裡！」他迸出所有力氣，直衝到帳篷前，奮力把門掀開。「呵，我們真耽心你呢！」心頭的緊張一下子鬆懈，他喘息不已地說。

夜半的風雨似乎更加急驟，營地漲飽了雨水，就在帳篷下形成小水池。他皺著眉看看身旁兩個熟睡的朋友，睡袋全溼透，固然是無法安睡的原因，但他的心情為何如此焦躁？這是第一次關心同伴的安危舒適甚於自己，這是第一次以迥然不同的心情來登山。「我曾自豪心緒如古井不波，現在這種轉變是吉是凶？」他徹夜地回想過去的種種，竟不曾闔眼。

第二天清晨，風雨不知道被什麼力量安撫了。他自帳篷裡鑽出來，立刻被周圍的景物吸引了。經過一夜風暴，清晨的寧靜似乎更能提昇人們的心靈，颱風後特有的雲彩，在山稜間平鋪如錦。他從窪地上掬一捧水，自額間淋下，一陣晨風吹來，清涼的風就和清冷的水，一齊滌淨所有的憂思；他深深地吸一口氣，眉間的鬱結也打開了；他向前再走幾步，彷彿踏入一個新境界，回看昨天一天一夜的企盼、焦灼、落寞及種種心　的波動，不覺啞然失笑。

原住民劈開潮溼的木柴，努力地把火升起，濃濃的白煙一股股的自柴隙裡冒出來。他想：台灣的登山環境真是得天獨厚啊！這小小的海島，聚集了千百座崢嶸的峰嶺，可以利用三五天的假期，攻上一座三千多公尺的高峰；也可以計畫一條長程縱走路線，十天半月之內，在山脊溪谷間，徹底地融入大自然裡；何況有這樣忠實的原住民同行，任何狀況他們似乎都有辦法應付。

「全桂林，」他親切地喊著原住民：「你真是升火專家啊！」

吃罷早餐後，原住民悠閒地燃起一根菸，他陪著同行的夥伴，輕鬆地步上東小南山。「你看！」他回指身後的閉鎖曲線峰，得意地說：「第一次連峰縱走時，我們就是沿著稜頂，膽顫心驚地走過去的。」他彷彿恢復了兒時的閒情，歸程中忍不住地摘了一把威靈仙。

今天的心情何以這樣清明澄澈？連自己也奇怪起來。或許是經過一天一夜的試煉，覺悟出什麼道理了；或許是受了沐浴在陽光下群峰的感召，知道自己將何去何從了。是的，他高興地想：「我知道我應該做些什麼了！」

百岳的完成，是象徵台灣登山界最高的成就，但是，這不應該是一個結束，而是一個新階段的開始，他想：「我應該做的事，實在太多了。」從八年前第一次登山到現在，從來也沒有後悔過走入山林。在關山大斷崖上，在磐石山的箭竹林裡，四肢並用艱難地行進，雖然曾使自己發出怨言，但未曾妨礙自己對山的狂熱。他曾在風雨中昂然面對大自然的挑戰，他曾在雪中、雹中緊咬牙關，因此他見過雲瀑、觀音圈等自然奇觀，更遑論雲海、日出、虹彩的景致。他曾在霧社、新達憑弔原住民的古戰場；他曾在南湖、雪山詳勘冰河遺跡。他想：「以一個業餘者的眼光，也許我能整理出一套考古或地質學的資料。」

走在玉山南稜的路上，放眼瞧去山麓無際的玉山圓柏，「這些曾經受自己詛咒的香青呵！」他想：「如今我卻喜愛它們的虬曲蟠蜷；我曾恨不得放火燒光它們，現在卻連揮刀砍下都覺不捨。」他想起許多冷杉純林和白木林，這些雖然論不上經濟價值，但對奮鬥求生的精神，是一個很好的啟示。他想：「在保護自然界生態上，也許我有一條漫長的路可走。」

回到排雲山莊時，幾個成功大學的登山隊員趨前向他道賀，並熱切地請教他關於明後日的路況，他不厭其煩地為他們講解，心裡想著：這些年來，台灣的登山風氣蓬勃地發展，這真是可喜的現象。但是山難事件也層出不窮，這些青年人需要更多的登山知識。他想：「也許我能在這方面多盡一些力量。」

在鹿山頂上失落惆悵的感覺早已煙消霧散了，「唉，該做的事實在太多了，我得好好地計畫一番。」他想起許多新路線有待他開發：從奇萊北峯西北壁上攀，從太麻里上北大武，還有積雪期的登山，還有溯溪，還有灌叢的行進技巧……愈想愈入神，愈想愈興奮。

他——楊南郡，這位登山的老將——竟在返回塔塔加鞍部的棧道上，連續地跌了三跤。

——六十五年八月二十六日中央副刊

太武雄風

醫官從地上抓起一把沙說：「從前金門的沙子並不是這樣的，因為歷經戰役，染滿將士的鮮血，才變成這種顏色。」我聽了心頭一震，也抓起一把沙，悄悄地放進口袋。是的，金門的確是一座血汗築成的堡壘，二十多年來它奇蹟般的屹立著，不僅鎖緊了共匪的咽喉，更象徵著自由世界的希望。我們這一群在它翼護下成長的青年，渴望一睹太武雄風的心情是多麼的殷切！

參加金門戰鬥營已經是我的夢想了，怎麼也想不到居然被選為服務員，這一支七百多人的龐大隊伍，以我這樣毫無經驗的人料理一切，真叫我惶恐不已。所幸，報到後，發現一切事務早已就 ，我們要做的，只是祈禱有一個順利的航程而已。

天氣罕有的清朗，水面罕有的平靜，人和行李和一顆顆歡躍的心，把一艘運輸艦塞得滿滿的。既然船上和陸地一樣平穩，甲板上聊天、唱歌、拍照的人便多了起來，驚嘆海上的夕陽多美好之後，不久便一個個都躺在甲板上細數繁星了。

多麼美妙的清晨！海鷗在船際穿迴，四周籠罩一片白霧，清新得好像大地新生一樣，但是艦務長卻皺緊眉頭，這樣的大霧，很難搶灘呢！果然，十一點半就到達外海，卻一直挨到下午六點才搶灘，時間過得多慢呵，底艙裡焦灼的學員個個引頸企盼，終於門開了，一片燈光射進來，〈太武雄風〉一遍又一遍地播放，我也不禁隨大家歡呼起來。

下船後，前面兩百人被分配到成功營區，而我們金城營區的五百多人，立刻編成十個中隊，以後的活動和競賽都是以中隊為單位的，我多麼希望自己也被編入隊伍，可以一同體驗戰鬥營的氣氛，但是我們要以超然的立場，參加競賽的評分，只得作罷。

「金門比我想像中要大多了，」第一天在前往馬山的途中，我不好意思地說：「本來我想像中的金門，大概只有太湖那樣大。」立刻招來一陣喧笑，我只好轉身假裝看車外的風景，這一看卻嚇了一跳，原以為看到的應是一片殘破的原野，沒想到竟是無際的青蔥，炮火掩不住自然萬物的生機，炮火更壓不住人們求自由求生存的意願，在貧瘠的土地上茁長的植物，很容易讓我們聯想到戰火中茁壯的金門，而金門也的確像這一片碧綠一樣，正日日夜夜地更加壯大。

馬山前哨的喊話站，正以強而有力的喊話向對岸播放，而我們則爭著用望遠鏡望我故鄉。海面有一層薄霧，海面有幾艘帆船，而船後，正是我魂牽夢繞的故土。有人大喊：「我看到船了，我看到山了！」我什麼也沒看到！船豈止是船？山豈止是山？我感覺眼眶一陣溼熱，眼前的霧愈來愈濃了，我真的什麼也看不到！

鵲山炮台的炮是在山壁裡的，據說這一尊大炮是八二三炮戰的英雄，目前已經算是小型的了，但在我們看來，它真可算是龐然大物。簡介完畢後，砲兵們要發射一枚讓我們看，於是從下令到上膛的一連串動作讓我們也緊張起來，大家掩緊耳朵，張大嘴巴，瞪著兩眼等待這歷史性的一刻，幾秒鐘的沉寂後，有人大笑，才知道這是最精采的演習，最令人愉快的騙局，想到方才緊張的樣子，立刻哄笑成一團。

天山部隊的步兵連村落攻擊，讓我們體驗到一次金戰營的舉辦，要花費多少心血及經費。一個小時內槍聲不斷，手榴彈與地雷一枚一枚地爆炸，火光在煙幕彈中閃耀，矯健的戰士迅速地翻上屋頂，有如傳說中的飛簷走壁。我目不暇給，簡直被震懾住了，直到演習至國軍攻克敵村，耳邊響起如雷的喝采，才如夢初醒地鼓掌不歇。

金門的陶瓷和金門高粱一樣聞名，對我們來說，晶瑩剔透的瓷器要比高粱更吸引人，陳列室裡琳瑯滿目，真不知從何挑起，於是有人抱了一大堆，為了怎麼帶回家而苦惱，有人一樣也沒買，頓足嗟嘆不已，一下子，每一個人的性格都表露無遺了。

晚上教唱軍歌〈太武雄風〉，為了要讓我們牢記不忘，一遍又一遍地要我們唱，「太武雄風億萬年，億萬年！」歌聲愈大，心情也愈激昂，直到最後，幾乎可以感覺屋頂的震動。過後放映一部影片：《金門》，總算讓我對金門有些概括的認識，至少知道金門到底有多大了。

很小很小的時候，便從郵票上認識了莒光樓，今天徒步參觀莒光樓，好像有點踏入畫境的意味，我喜歡跟著第四中隊走，因為這一個中隊看起來最活潑。浯江書院高懸著「海濱鄒魯」的匾額，讓我體會到金門不僅是反攻復國實質上的堡壘，也是中華文化的精神堡壘。金門有一座名為「精神堡壘」的大浮雕，描述在戰火中將士前仆後繼、民眾英勇參戰、婦孺勸慰傷患的景象，使看到的人不禁熱血沸騰，彷彿耳中也聽到交織的槍礮聲，彷彿口中也高喊衝殺。不怕難、不怕苦、不怕死，三不怕的金門精神，應該是存在每個人心裡。

下午到古寧頭戰場，憑弔這一場扭轉局勢的戰役。有人說古寧頭戰役匪軍的慘敗，完全是由於天意，但是在看到軍民昂揚的鬥志之後，我深信，金門的保全與壯大，完全是軍民血汗灌溉的成果，若說是天意，也只能說是天助自助者。戰場上平野一片肅穆，彷彿自三十八年後，大地便一直為陣亡的將士哀悼著，我想起九歌裡的《國殤》，便慢慢地念了出來。

老遠就聞到一陣陣酒香自酒廠逸出，參觀釀酒、蒸酒、裝酒的過程後，已是微醺了，再喝下兩杯金門高粱，不禁醺醺然高唱金門酒頌，雖然不諳此道，卻也嚐得出酒中的香醇，若不是一直提醒自己晚上要參觀黃河部隊的夜間射擊，真要醉臥酒廠了。

曳光彈在夜空交織，每一個人都緊握拳頭，不時發出「啊！啊！」的低聲讚嘆，戰士們戴著易讓我們識別的頭盔，由近而遠表演各種射擊，可惜我們看不出玄妙，只驚訝於曳光彈片的流射。十分鐘後一切突然沉寂，「戰罷沙場月色寒」正是此時的寫照。那麼接下去應是「城頭鐵鼓聲猶震，匣裡金刀血未乾。」我多麼希望我也能成為一個戰士，成為一個能實現「馬革裹屍」壯志的戰士！

各種競賽使得戰鬥營更有戰鬥色彩，今天的打靶應該算是主要的節目，每人三發子彈分批射擊，我們是留待最後的，所以安全官趁機教我「青蛙撲地」及「匍匐前進」，吃了滿嘴沙還不服氣，再撲，又是一嘴沙子。匍匐前進看似簡單，爬完一小段路就累得直喘氣，但是也好興奮，這麼容易就學到兩種「本事」。忘了帶眼鏡來，只好借用連絡官的，架在鼻梁上，才瞄準，它就滑到鼻尖，好不叫人氣惱，只好請人幫我托住眼鏡，一咬牙。「中了！」「騙我？」三發都是同樣情形，直到確定三發都命中，高興得跳起來，把腳踝都扭傷了。

野戰部隊的戰車和制服，是我們最感興趣的，聽過戰車性能介紹以後，我們自由參觀，並坐上戰車繞場一周。我頭戴著皮盔，幻想我是車長，我是炮手，我是駕駛手，在裝甲車內鑽來鑽去，聽履帶的戛戛聲。若不是車內車外都是歡呼聲，真有點車轔轔馬蕭蕭的味道。

若不到「毋忘在莒」的勒石下拍張照片，好像就不能讓人相信「我到過金門了！」這幾天，每天都繞著太武山轉，每天都仰望太武山，總算等到今天，讓我們登上太武山，果然如太武雄風歌詞所寫「太武奇石崢嶸」，這一座山全是花崗岩，山勢不高卻氣勢磅 ，尤其是山頂總統題字的石壁直沖而上，彷彿是正氣凝聚而成的。我沿著兩塊巨石中的「一線天」爬上山頂，真費了九牛二虎之力。

「怎麼可能由這條裂縫中鑽上來？」上面的駐軍議論紛紛。

「因為我是登山社的。」我得意地說。

參觀神龍部隊的海上爆破，是這幾天來最冷的下午，但是幾十個光著上身的蛙人，卻在凜冽的寒風中操演，快艇一艘艘地穿梭，怦然一聲，一股巨大的水柱拔地而起，機槍漫射，水柱迭起，看得我忘情地一步步走向海邊，演習完畢後第一艘快艇的蛙人，看我滿臉神往的表情，問我要不要上船，等我從驚喜中清醒時，快艇已在海面破浪飛馳了，而我手中正抓緊一尾被震昏的魚。

金門的軍民最引以為傲的，大概是「擎天廳」了，見面第二句話差不多都是問：「去過擎天廳沒？」而這一個晚上我們就要在擎天廳欣賞藝工大隊的節目。老實說，我對晚會的興趣還不到對會場興趣的千分之一，從進入山洞後，就好奇地東張西望，一條條曲折的通道終於把我們引進擎天廳。挖掘這一個大山洞，鬼斧神工也要大費周章，何況四壁挖得這樣亭勻，又是一個人定勝天的奇蹟。別人看著台上的表演，我則前後上下地到處看，終於承認這的確偉大，足以當上「擎天」的英名。

最後一天了，脫下軍服，換上常服，這一天是自由活動的日子。拿著醫官開給我的「處方」：山外的燒餅、談天樓的芝麻湯糰……打算吃遍金門的口味。懷裡放著三個新出爐的燒餅，不知不覺地走向太湖，索興繞太湖一周吧！我一面想著，一面拉緊外衣，風颳得好急，湖水不住地打向岸上，太湖畔大概只有我踽踽獨行吧？沿著柳堤，可以走上湖心的一座亭子。上去，風吹得我踉蹌站不住腳，抱著亭柱，猛抬頭一看：「報國亭！」

「報國亭，報國亭，報國亭……」我不住低語，不禁泫然泣下，國家多難，我將何以報國，以何報國？這幾天的金門生活，讓我體驗到國家對我們的呵護與期許，多麼無微不至的呵護，多麼深重的期許呵！

天空這樣地陰霾，狂風一陣緊似一陣，濁浪在柳堤上碎裂，一個空有抱負的女孩在報國亭下嗟嘆！國家多難，民族多難，生而為時代兒女，我將何以報國？以何報國？

漁民從湖裡撈起一漁網的鰱魚，準備過年加菜用。要過年了，那麼也是第一期金門戰鬥營結束的時候了，我愛金門，如果能在金門多停留一些時候，我寧願　牲年夜飯，但二三一專艦已載來第二期學員，怎麼說這幾個小時都是留在金門的最後時光了。這種別離的滋味已嚐多了，應該不容許自己再依依不捨了，滿袋滿綑的金門特產，讓每一個學員都感覺此行不虛。

登艦安頓好每一個學員的鋪位後，匆匆衝到艙門口，想握別所有金門的朋友，但是跳板已撤，艙門正緩緩閤上，我惆悵地回望滿艙的學員和行李，感覺肩上的責任逐漸加重。這一艘軍艦，載了這麼多的人和更多的行李，是否還載得動我一口袋的金門細沙？載得動一腔熱血沸騰，是否也載得動我如許沉重的心情？

——六十四年度教育部散文創作獎

陶塞溪谷

中部橫貫公路的天祥和西寶之間，有一個小站叫「回頭灣」，雖然很少有人注意過它，但是在地圖上，這是相當突兀的一點。它是公路的一個大迴轉點，也是陶塞溪與小瓦黑爾溪的合流點。我們就在這裡下車，準備溯著陶塞溪直上南湖稜線，為的是尋找我們失蹤的同學歐世彬。雖然我們明知道：在這積雪的季節裡，走這一條從來沒有文字紀錄的路線，是相當危險，而且幾乎是不可能的。

台灣通誌地理篇對這個地方的描述是：

本區各河流路，河蝕劇烈，下切特甚，到處呈標準之峽谷地形。

才走沒多久，立刻印證了上面的描述，兩道奔流，挾著它們自高山一路奔竄下來的氣勢，粗暴地、狂傲地沖擊兩岸的崖壁，發出肅殺的長吟，這聲音就充塞在四周，這聲音就一直伴著我們穿過吊橋，繞過山腰。

前一段日子，天氣一直是陰陰沉沉的，我們的心緒，也隨著天氣，以及難有進展的搜救工作而陰霾不展。這兩天，天氣意外地清朗，也幸虧有這明朗的好天氣，走在溪畔，才不會感到那一股逼人的寒氣。

正午的時刻，我們到達下梅園，這是一個肥沃的河階，疏疏落落地有幾戶原住民及退役軍人的墾植地。冬天的太陽，這時已經成為咒詛的對象，穿著單衣仍感到汗流浹背。為了趕路，我們一刻也不敢逗留，匆匆地抹去汗水，匆匆地邁開腳步。

山路沿著陶塞溪的左岸，緩緩上升，維護得這樣平整，主要是為了運送上梅園的農產品。上梅園又名竹村，是古陶塞部落的所在。陶塞部落屬內太魯閣氏族，是泰雅族裡極凶悍的一支，日治時期因抗日事件層出不窮，大約五十年前被強迫遷村至「米卡沙」（今三民一帶）。部落的舊址，現在成為西寶農場的分場，許多退役軍人在此種植梨、桃及蔬菜。太陽仍然那樣肆意地傾瀉它的熱力，在極端口渴的時候，驀地發現路旁的柳丁樹，正纍纍地垂著它們的果實，我們毫未經過理智的考慮，就先抽出小刀。尚未完全成熟的果實，像檸檬一樣酸的汁液，觸在乾裂的嘴唇上，一陣灼燒似的疼痛，然而，卻是一種痛快的享受。我們連吃了幾個，才注意到農場的主人，正推著腳踏車，朝我們走來。

畢壽頤先生，年紀約在五、六十之間，是此地退役軍人墾植者的一個典型。他全然不在意我們盜摘果實，並且熱烈邀請我們到他家稍事休息。

隨後畢先生送我們到上梅園的盡頭，指點了前面的路況，然後我們就步入了崎嶇的山徑，也步入了一個完全新奇未知的世界。

按計畫，我們今天要到達距離上梅園約一小時行程的地方，那是原住民「哈隆・烏來」的家。幸運的話，能請他當嚮導及肩夫，陪我們走這一趟路，萬一找不到人或有什麼變故，只好延誤行程，另想辦法了。走完山徑，下至谷底，沿著溪床走過一片崩塌地，遠遠地看見一弓竹橋，架在激流上。說是竹橋，其實也只是一束竹子，用藤索繫緊而已。濺溼了的竹桿，拿不準它有多滑溜，好容易過了橋，攀上對岸的陡坡，方繞過兩個彎，眼前豁然開朗，是一片農地！一片很可愛的農地，各種作物雜蕪地生長著，卻都是生意盎然的。

主人家的狗首先發現了我們這三個不速之客，三隻狗前後繞著我們狂吠，雞群咕咕地來回飛跳，欄裡的小豬也興奮得差點要爬出來。一個臉上有刺青的原住民老婦，微笑著走出來。領隊楊南郡先生向她說明來意，並提及她在太魯閣的兒子，她似乎不再有疑慮，於是打開一間新建的竹屋，讓我們過夜。

這時山上傳來一聲聲長嘯，伴著原住民語的歡呼，我們抬頭向上望，但見兩條人影一路奔跑下來。領頭的是個老原住民，正是哈隆．烏來，跟在後面的小原住民，藤籃裡背著一隻大黑獸，拖出來一看，是一隻齒牙猙獰的野豬。

我們向哈隆說明行程，他立刻爽朗的答應了，事情這樣容易就解決了，真叫人開心，於是我們幫著他升火殺豬，在大石頭堆成的天然灶上，以一個大澡盆煮開水，用尺長的番刀，刮去豬毛，然後整條豬投進火裡燒烤，再刮一遍，野豬的毛既粗又密，皮上塵垢又厚，非用這個辦法無法處理。

鄰近的原住民也來幫忙，霍霍地把彎刀再磨得更利，俐落地剝皮、剖腹、肢解，山豬的許多部分是中藥上的精品，分別處理好，然後哈隆的太太禮貌地問：「要吃哪一部分，請吩咐。」

這個晚上，霧氣瀰漫在整個溪谷裡。床前，油燈一點如豆的昏黃，床角，一架原住民式的手織布機，一塊豔色的番布正待完工，染好的麻線晾在一邊。陶塞溪水，呼嘯在谷底，屋旁的山泉，淙琤不絕。這是多麼奇妙的一夜呵！

二月十四日早上，天氣陰陰的，還夾了些雨絲，這是溪谷裡早晚常有的現象，我們一點也不在意，過了昨天的竹橋，向對岸上方爬了一段坡，就接在一條獵路上了。由於此地原住民幾乎與世隔絕，根本不知道有禁獵一事，用古老的陷阱捕獸，仍是他們日常生活中最重要的一部分，所以這獵路，絲毫沒被蔓草掩埋。

太陽把霧露都蒸乾了，走在獵路上，上面有濃蔭遮蔽，比昨天要涼爽多了，走了四十多分鐘，左前方一道匹練自山頂懸垂下來，陽光直射在上，閃閃地現出一些虹彩。原住民說這瀑布的原住民名是「孩勁」，意思卻是「太陽晒不到的瀑布」。

過了瀑布，有一段路走在平闊的河階上，附近長滿茅草，這是古部落「布嘯」的廢址，我們可以看到隱約的疊石，據說從前有十五戶人家，沒有人知道他們是遷移了，還是滅族了？

獵路領著我們走近一片大絕壁，上面是人工鑿出的小徑，對岸的石壁上，有電力公司的水位測量計。溪水在兩面石壁的夾峙之下，更翻騰不已。走在鑿開的岩壁上，除了要注意腳下的踏點，要留心身旁參差突兀的崖壁，最重要的是當心寬度超過身體的背包。背包與岩壁撞擊所產生的反彈力，很可能在措手不及的情況下，把人拋入谷底滾滾激流中。

獵路開始向上爬升，汗珠已經從額間迸出來了。休息一會吧？原住民卻置若罔聞，十點十五分，我們到達一個支稜的頂點，這托莫洛可高地，也是一個古部落的所在，只是了無痕跡。原住民指著隔著一道稜線的小瓦黑爾溪谷，告訴我們：「瓦黑爾社與陶塞社是世仇，碰面時，即使對方是老弱婦孺，也要砍下他們的頭。」幸好這些都是歷史陳跡了，否則這一路豈不是要提心吊膽？

翻過托莫洛可高地，下降到一個小支流，水量不大，上方分為兩條更小的支流，我們沿著右邊支流的溪床，左右跳石向上游溯去。然後我們進入一片森林，在這裡遇到第一個考驗，在一個岔路上，原住民堅持直走，我們判斷應右轉，折騰了一陣，決定依我們的判斷走，這時才發現：我們雇用的原住民嚮導，對這條路線和我們一樣生疏。這真是令人啼笑皆非的發現，看來，以後都要靠地圖和指南針了。

這片森林是原住民設置陷阱區，路上到處是獵捕禽獸的吊子，我很想俯身仔細研究一下布置陷阱的技巧，但是行色匆忙，我們必須爭取每一分鐘，儘快到達南湖東峰下，只得毫不考慮地跨越而過。原住民說，如果我們碰到被捕獲的獵物，照例可以取走一隻後腿，但是要留下道謝的標幟。連續跨過好幾個陷阱，一直沒有後腿可取，快快然通過了森林，回到陶塞溪本流的溪床。

脫鞋吧，寬闊的河面沒有橋。鼓起勇氣踏入冰涼徹骨的溪水，全身肌肉立刻緊縮起來，山頂融化的雪水，依然保有原先的冷冽。走到溪中央，凍得寸步難行，卻非得儘速通過不可。

然後是原始林中不斷的爬坡，陰溼而鬱悶的空氣，連呼吸都感到困難，我那咳嗽的喉嚨和發炎的支氣管，給我增加不少困擾。從身上捉到一隻螞蟥之後，使我們不敢多停留。我勉強地憋著氣，唯恐拖累了隊伍，又走了一陣，忽然眼前一亮，這不是作夢，我們到達一座獵寮了！

獵寮裡已經有兩個原住民，其中一個是哈隆的姪輩「德風・波多」，另一個始終未開口說話的，據說是瓦黑爾社的人。幸好兩社的世仇已經解除了，否則這一定是劍拔弩張的場面。獵寮裡到處是獸板獸骨，柱旁還鎖著一隻大猴子，這是「德風」打獵的根據地，附近種有蘿蔔、馬鈴薯等蔬菜，前面可以展望陶塞溪谷，倒是一個挺不錯的住處。

德風送了我們一條羊的里脊肉，炒以生薑大蒜，加上蘿蔔湯，這一頓山珍，令人覺得足能恢復這一趟跋涉所耗去的體力。晚上，我們在獵寮下方搭起帳篷，特地挑了一個肥大的蘿蔔，切成薄片當水果。

這些蘿蔔，竟真的是如人所說的「蘿蔔賽梨」，又甜又脆呢！

二月十五日，晨起又是大霧，帳篷都溼淋淋的，告別兩位原住民，同時買下三張山羊皮，就繼續我們的行程，這一路依然有不少陷阱，河床上還可以看到新鮮的獸跡。十點多，我們到達海拔二千四百公尺的第二獵寮。原住民覺得寒冷，便停下升火取暖。過了這個獵寮，已經不是主要的獵區，路跡變得模糊難行，間或遇上一大叢帶刺的荊蔓，的確令人著惱。這深不可測的森林，主要的樹木是紅檜，多的是二、三十人合抱的大樹，比諸阿里山或溪頭神木，毫無愧色，更重要的是每一棵都高聳入雲，枝葉榮發，生機無限。有的雖不幸遭雷殛斷，或被蟻蟲蛀成一個大空穴，但是依然伸展著桀驁不馴的粗幹。這些默默生長於深山的巨材呵！我不知道應為它們的存在而慶幸，還是該為它們的寂寥而惋惜？

在山腰顛躓地穿行，走過艱苦的一個小時之後，我們又回到溪谷的本流，這時水量已大不如前了，但是由於傾斜度的增加，奔騰的水勢並未稍減。我們在溪床上的石塊間跳躍攀爬，也因著地形忽左忽右地在溪的兩岸行進。

溪的兩岸，是兩列蕭森的樹林，灰白的枝幹，細細密密地交織成一片，顯示一股對深冬的無奈。原住民在河床上發現更多的獸跡，興奮地連聲宣布：這是他所見過最好的獵區，等四月春暖之後，他要來狩捕雄鹿。

歐世彬有沒有可能走得再遠一點，翻過稜線，而消逝在陶塞溪谷這一端？可能性極為渺茫，但並不是絕不可能。我想起前年南湖山難中失足的兩位山友，其中一個在四個月後，被發現屍首卡在耶克糾溪的大石頭下，依舊完好如生，不禁加倍地注意溪底。每每，一個長型的大石頭，都要令我神經一震。在奔流的溪水下，好像所有的東西都是曾經有生命的。

太陽從中天直射入溪谷裡，把那被水霧潤溼的綠色大理石，照耀得晶瑩如玉。高度帶來的寒冷，被逼在陰暗的角落，從陽光下鑽進陰影裡，就像自暖房走進冰窖一樣。白天猶然這樣陰寒，到了夜晚呢？如果歐世彬還活著的話，他要度過多少難熬的寒夜？

我們快走吧！如果在今晚以前，能夠找到尚在掙扎的他，我們要餵他蔘湯，為他生火取暖，給他一個溫暖的一夜……嗐！我想得太多了，我們至少要先到稜線上再說。昨天前天，還沒有這樣的心情，愈接近目標區，心情愈緊張，不管是活著或是死的，我們希望打開這「失蹤」的僵局。但是我多麼害怕，我們找到的，是一具僵硬扭曲的屍體。

下午兩點，到了兩溪的匯流點，這裡已經很難從地圖上判斷了，我們選擇了右邊一條看來較陡的支流，希望由此直上稜線，可以爭取一些時間。

抬頭，已經可以望見溪谷的盡頭，那矗然聳立的陶塞峰，雪白的峰頭襯在藍天下，經陽光的照射，輝煌閃爍如鑽石。然而在它之下，我們眼前所見的，真要令人倒抽一口冷氣呵！那盡頭巍然聳立的，不正是一片斷崖絕壁嗎？

下午四點二十分，我們到達標高兩千八百公尺的源頭，再下去，就是一片亂石坡了。太陽迅速地西沉，溪谷的雲霧，無聲地向上湧來。我們正在與太陽和濃霧賽跑嗎？我感到一股寒意自心底油然升起。我們紮營吧！再上去，怕沒有地方過夜了。

但是稜線的誘惑力那樣強烈，彷彿是千萬隻招引我們的手。是呵！就剩這一段路了，何不辛苦一點，爬了上去？多少也能爭取一些搜救時效！四周的空氣迅速地冷卻下來，溪流的聲音不再盈耳，濃霧悄悄地跟在我們後面。啊，我真的累了，左方的樹林是我們最後的機會了，我們過去紮營吧？我的咳嗽聲響在一片死寂的溪谷上，空洞的回音使氣氛變得更淒清了。

身後那是有名的巴巴山呵，看那拔地擎天的氣勢！從這個角度才可以攝取那雄偉的山姿，這真是難得的角度。但是我們在寒風裡瑟瑟發抖，我們伏在斷崖上索索膽寒。天色加速地黯淡下來，斷崖也更加險峻了。

看哪，山頂的雲彩紅得多冶豔哪！天色真的完全暗下來了，我們陷在進退維谷之中，這不是人類應該到達的地方：如刀的片岩，鋒利得足以傷人，卻又脆弱得承載不住一個人的重量。落石帶著清脆的聲音，敲擊著岩片，然後一大群嘩啦啦地向下飛竄，即使是以勇敢見稱的北宮勳，到了這種處境，也不禁要變了臉色。

「落石！哎，落石！」上面傳來驚呼，夾著那令人心顫的敲擊聲。我趕緊把頭貼地，希望石塊只從頭的上空掠過。然而，石塊打中我的頭了！我感到一陣昏眩，幸而還能力持鎮定。身後的原住民卻不住地呻吟，落石打中了他的左臂，也打散了他的信心，他哀哀地呻吟，好像面對著死神那樣驚懼與無助。

「怎麼辦？」我向上大聲喊叫：「原住民不肯再揹東西了，他也不肯走了！」

原住民間續地呻吟，四周一片靜默後，楊先生斷然地說：「上來！繼續向上爬！否則我們會死在這裡！」

走在最前面的劉欽澤，這時空手回過頭來報告，上面有樹林了，一塊平坦的地方可以過夜。真的？我們真的絕處逢生了？我勉強掙扎出一絲力氣，繼續向上爬，劉小弟下去幫原住民揹東西。

我扭亮頭燈向上搜尋，但是我找不到樹。有時以為是樹的影子，等爬近了，才發現原來又是一片直立而尖銳的岩壁。好久好久，燃起來的希望又熄滅了。疲憊、焦灼、失望同時襲擊著我，我幾乎哭出來了。

劉小弟從後面追上來，告訴我們，樹林原來在右下方，黑暗中被我們錯過，現在想下去已經來不及了。那麼我們只好繼續向上爬，再振作起來吧！

「那是樹嗎？」楊先生用日語問原住民，原住民肯定他的答案，但是我不再興奮，除非我親手摸到樹幹。雪坡很滑，卻比走在支離破碎的崩石上，較具安全感，我看到一個枯樹幹了，天啊，真的是樹，我們得救了！

我看看手錶，八點整，劉小弟測高度，海拔三千四百公尺，算算看，這不到一公里的水平距離，竟升高六百公尺，想想看，這三個多小時裡，我們的生命，就像懸在游絲上，一直到現在，總算能鬆一口氣了。

地上積雪很深，勉強找一塊較平坦的地方，把帳篷張開來，一點狹窄的空間，就擠著睡吧。原住民裹著羊皮，在雪地上升起火堆，用來取暖，這雪已經凍結成冰，即使是升這一堆火，也融不了多少。

這原該是很難熬的一夜，因為身心都極端的疲憊，竟能有一個很好的睡眠。早上的天氣很好，劉小弟下山撿拾昨夜丟下的東西。銀白的雪坡在太陽下輝閃，我們上到稜頂吧！滑溜的雪坡，上面就是嵯峨的山頭了。

不行，我們不能再前進，我們無法按計畫通過南湖圈谷，下達南山村。天邊飛快地湧來烏雲，隨風飄下來的是細碎的雪花。退回去吧！山發怒了，我們必須趕快退回，再遲就來不及了，天氣突然的變化不是我們可以逆料，這一片片美麗的雪花，等會兒就要變成噬人的惡魔了。真的，我堅持，我們必須下山。我們匆匆地收拾，匆匆地下山，雪花原是精靈似地飄飛，現在它們開始變得綿綿密密了。我們唏哩嘩啦地踏著碎石，跌跌撞撞地向谷底衝下。

原住民間流傳著古老的說法，那是關於高山珍愛它的俘虜的故事：每當有人殞命於山間，高山總是儘量地想保有它的俘獲者，因此，夏天時，山總用暴雨來阻止；冬季裡，就用這一望無際的白毯來遮掩。

而現在，我們已經歷了長途跋涉，通過了萬般險阻，眼看就要到達目的地，卻有這一場突如其來的風雪，難道，那關於山與山難者的傳說，竟有它的可靠性？

現在樹林都染白了，現在整個溪谷都染白了，現在整個空氣裡也是白濛濛的一片。雪花無聲地飄落，愈積愈多，楊先生猶在懊喪我們不能翻過稜線，到東峰下尋找歐世彬的下落，我卻十分明白，若是我們勉強的前往，只有再製造另一次山難的可能。

我們穿過樹林，樹梢上落下的雪，堆得我們一身，褲管也沾滿了冰雪，被體溫融化了，再凍結起來。走吧走吧，我們回到第二獵寮烤火。

回頭路總是令人懊惱而提不起精神來，被雪水浸透的腳趾幾乎完全麻木了。

「真遺憾哪！」楊先生一再抱憾：「這功敗垂成的行動。」這小小的遺憾卻是為了避免造成更大的遺憾呢！我想，雖然不能展開搜救工作，但我們已盡全力了，差的只是再有一天的好天氣。陶塞溪仍在，我們已經證實了這條路線的可行性，將來仍有機會走通。

我們在第二獵寮過夜。這一個晚上大家都吃得很少，感到滿身滿心的懊喪。但是這些都將成為過去，無論如何，這仍是一次冒險犯難的行動，即使沒有獲得預期的成功，但是整個回想起來，我想，這將是我最難忘懷的一次登山。

明天就要下山了，原住民快樂地唱起聖歌。漫山遍野都是白雪，明天也將有個艱苦行。明天，我想起來了，明天是過年啊。我披上外衣，到雪地裡踅一陣，新雪鬆鬆軟軟地，這一片雪白，果真給人一種永恆的新鮮感。

回到獵寮，抖落一身雪，柴火嗶剝地燃燒，我想起一首輕快的兒歌：「山上的積雪，融解成小溪，快快地流下，歡歌春天又來到……。」竟忍不住地哼唱起來。

半夜，雪花仍藉著風勢飄進獵寮，飄落在我的臉上。

——六十六年三月十九日中央副刊

哈隆・烏來

哈隆・烏來如今可以很得意地說：「我們男人，都是不怕死的！」但是就在前天晚上……嗐！我想還是不要背地裡道人短長才好。

農曆年前，人人都趕著回家團圓過年，我們卻不得不揹起大背包，向積雪最深厚的高山走去，為的是我們失蹤的同學，可能還活在那裡。

匆忙地籌畫，倉卒地出發，寫信相約的原住民竟然無法前來會合，由於時間緊迫，只得硬著頭皮走一步路算一步，先到天祥或太魯閣再想辦法雇用一個嚮導。

剛到太魯閣的那天，我們真是急瘋了也氣壞了。找得到的原住民，都有放不下的工作，或是無法陪我們上山的理由，三兩個遊手好閒的，又儘像地痞無賴似的不講信義。

「太魯閣這個地方，已經完全平地化了。」陳村長抱歉地解釋：「三十幾歲以下的年輕人，體力也許還不如你們，四五十歲的，都要下田做工，太老的又沒辦法幫上忙。」奔波了大半夜，竟雇不到一個合適的原住民，眼看著就無法順利成行了。幸虧有人提起了住在陶塞社的「哈隆・烏來」，也幸虧熱心的陳村長，肯為我們老遠地把哈隆的兒子余茂林找回來。

「我父親，唉，他很老了，唉，他不會說國語，唉，他也許很忙……」年輕的余茂林想盡辦法要我們打消雇用哈隆的意圖。六十八歲的確是很老了，但是聽說他依然健壯，上山打獵，下田種作，毫不含糊，年老的獵人熟悉山徑，正是我們所需要的，不會說國語是小事；至於說很忙，山上悠遊的日子，哪會像平地一樣剋扣得緊緊的？我們焦急地一一反駁他的話，除了哈隆，我們已經別無選擇了。

哈隆・烏來，這名字叫起來多麼響亮！聽說四十多年前，陶塞社的居民因迭有抗日事件，而被強迫遷村至太魯閣，哈隆也是其中的一戶，台灣光復後不久，他愈來愈適應不了文明的侵擾，於是率領妻兒，重回陶塞舊部落，在臨傍著陶塞溪的山坡上，孤零零地開拓一片家園。這聽起來好像是一個傳奇的故事，就像我從前所遇到的那個「浪子麻沁」一樣。長大了的兒子，紛紛下山找尋自己的生活圈，就如眼前的余茂林，擁有一輛嶄新的摩托車和耕耘機。改變自己的習性，隨著文明前進，才能求取更舒適的物質環境，但是哈隆・烏來不願束縛自己的心性，也寧可在最簡陋的生活條件下，逍遙地過著他自己的日子。雖然還沒見面，我已經忍不住喜歡他了。

「好吧！」余茂林終於勉強地同意：「但是，你們不要讓他喝太多酒，下山以後要負責送他回家……」我們急急連聲答應，事情總算有轉機了，雖然哈隆也許打獵未歸，就算是在家，也未必肯與我們同行。無論如何，我們總須盡力，至於能做到怎樣的程度，只有聽天命了。

下午三點多，我們揮著一身汗水，遠遠地可以看見哈隆的竹屋，三間小屋靜悄悄地躺在一片翠綠的山坡上。糟啦！好像沒人在家一樣，正狐疑著，忽而傳來一陣犬吠，霎時雞飛狗跳，欄裡的豬也吭吭地叫，竹門「呀！」地一聲打開，一個缺了八顆門牙的女原住民，笑著走出來。

狗還繞著我們叫，雞還圍著我們跳，哈隆的太太哈擺告訴我們哈隆打獵去了，但是今天也許可以回來。我們只好忍著焦急的心，先卸下背包來等候。

環繞著哈隆的竹屋，是一片非常可愛的園地，散種著竹子、苧麻、甘蔗、水蜜桃、甘藷、馬鈴薯、玉米、芋頭……各式各樣的蔬菜水果，只要你能在超級市場買到的，都可以在這裡找到，住在這兒，倒真是自成一世界，不慮食衣住行。

山上忽然傳來一陣長嘯，夾著短促歡欣的呼喝聲，呵，是哈隆打獵回來了吧？哈擺在屋裡收拾好織布用具，笑吟吟地走出來，抬頭對著山頂大聲應和，然後轉身告訴我們，她的丈夫哈隆，捉到了一隻大山豬回來了。

山頂的兩個小黑點，飛快地衝下來，領頭的那個瘦小的老原住民，正是哈隆・烏來，他轉動那一雙小而敏銳的眼睛，打量我們一眼，似乎已經知道是怎麼回事了，便回頭吩咐同行的小原住民，把山豬卸下。

「我們想從這裡上南湖大山，你可以帶路嗎？」

「可以！」他回答得快而肯定，「我經常到那裡打獵。」

「知道中央尖山嗎？」

「知道！」他驕傲地回答。

「馬比杉山呢？」

「啊，馬比杉山，我當然知道。」

領隊用日語仔細地說明我們的目的，以及準備搜尋的路線和範圍，哈隆・烏來果真不含糊，對南湖一帶地形，瞭若指掌，從天祥到南山村的這一趟路，年輕時，他走過好幾趟呢！

「那麼明天早上幾點可以出發？」

「隨你們的意思。」他答應得爽快而俐落。

作夢也沒有想到，事情變得這樣順利，我們竟找到這樣一個經驗豐富又豪爽的原住民。對面山上的原住民過來幫忙支解野豬，我們也添柴加水地忙得不亦樂乎。

深夜醒來，還聽見那幾個原住民喝酒聊天的聲音。

「這些原住民，都是一個樣子，喝了酒什麼正事都忘了。」領隊焦慮地說：「明天早上，還不知道能不能起來趕路呢？」但是我們不便過去干涉，只好繼續聽著他們用原住民語小聲地交談。

早晨，天色還昏暗的時候，我們已經起身收拾行裝了。哈隆這老小子，怕還宿醉未醒吧？我推開竹門，看見額上有刺青的哈擺，正蹲在簡陋的三腳灶前煮飯。

「哈隆還在睡覺嗎？」我一面說一面比手畫腳，怕她聽不懂我的意思。

「下去，下去了，幫忙，背東西。」哈隆的太太也比手畫腳地回答。

原來我們還有部分的裝備，委託余茂林幫我們送來，哈隆愛子心切，一大早下去幫兒子背東西，那麼說來，我們昨晚真是錯怪他了。

東埔的原住民，習慣用一個大編織袋，把所有行李裝進去，再用一個竹卡子，一條麻繩，把所有重量頂在額頭上。平靜部落的原住民，喜歡背著和我們一樣的背包。我們不知道哈隆願意用哪一種，索性把兩種都拿出來。「不習慣、不習慣。」他連連搖頭，取出昨天裝山豬的藤籃，便把東西一一地丟進去，籃子的洞眼太大，頂上又沒加蓋，難保不會一路掉東西，但是哈隆對自己很有信心，我們只好在他拍胸保證之下讓步了。

臨行前，哈擺躊躇了好一陣，終於啟齒要求，是不是能把哈隆的工資先給她，否則身上有錢，他會喝得醉而忘歸。哈隆像孩子一樣地羞紅了臉，一點都沒有爭辯，想了想，他得意地說：「其實喝醉了也沒關係，有一次在朋友家喝醉了酒，我告訴他，家裡剛剛捉了一隻大野豬，叫他跟我回家拿豬肉，他就一路送我回家。」瞎！真看不出這老傢伙，居然有這小聰明。

哈隆身材瘦小，面目黝黑，上面滿布著風吹日晒的痕跡，並有泰雅族男人的刺青，破舊的鴨舌帽掀開來，頭頂只剩幾根短短的白髮，笑起來好像剛換牙的孩子一樣，整個牙床上只有幾顆牙齒在撐場面，他的眼珠卻靈活得緊，滴溜溜地轉動，顯得非常慧黠。他穿著補了又綻線的軍褲，蹬著雨鞋，打個包袱結在藤籃頂，神氣地走在最前面。

「王小姐，小心一點。」「王小姐，慢慢走沒關係。」一路上，只要經過較危險的地形，或是走在較陡峭的路上，哈隆總是細聲地叮嚀，同時把手伸過來讓我扶搭，一派紳士風度，害我一個早上，不曉得要說幾次：「不用了，謝謝。」

「我們男人要尊敬女人。」他一本正經地說：「欺侮女人的人，神會處罰他，走在懸崖上會掉下去，跑到山裡會被野豬撞死。」據他說，這是上帝親口說的，但是我不知道這段話，記載在哪本聖經上？他篤信宗教，從前住在太魯閣時，每星期都上教堂，一面走路，常一面哼唱著「耶穌是我摯友」。

中午的時候，我們走到一個岔路上，哈隆・烏來脫下他的鴨舌帽，用力地搔他的短頭髮。糟啦！我們的哈隆先生，不知道要走哪一條路。

「你不是走過好幾回了？」領隊焦急地問。

「是走過了，」他羞赧地垂下眼皮，小聲地說：「太太從前走過。」

原來昨夜的吱喳細語，是哈隆太太講解路徑的聲音，顯然時隔太久，她忘了這裡還有個岔路。事到如今，領隊只好取出地圖，在岔路口上　判起來，哈隆獨自跑開，我們也沒時間管他到底去做些什麼事？

十分鐘後，大家一致決議，右邊的路才對，哈隆提著山刀回來，很驕傲地帶我們去看他的傑作——在路旁的一棵大樹幹上，刻著斗大的「ハロン・ウライ」和一個大箭頭。

「以後不會再走錯路了。」他大聲地唸著自己的名字，似乎非常滿意：「哈隆・烏來的意思是夏天出生的孩子，生來不怕寒冷。日治時期，人家叫我山田先生，光復後改成余先生，但是我只喜歡哈隆・烏來。」哈隆有一種本事，很會在劣勢中挽回自己的面子。

哈隆的太太哈擺，年輕時是運動選手，曾經翻越南湖大山至南山村，再到台北參加比賽，也曾經被日本人徵為軍伕，搬運糧食彈藥，往返於這一條小徑。我記得昨天晚上閒聊時，談到這段往事，哈擺憂傷地說：「走不動的人，呵，都要被鞭打，有的被打死呢！」難怪作為丈夫的哈隆，雖然沒有把握，也敢於擔任嚮導，原來是有個太太如哈攞者可為後援。「我太太的織布技術，是受過正統教育的，在天祥、太魯閣這一帶，沒有人比得過她。」談起太太來，哈隆就有無限的得意堆在臉上。

六十八歲的哈隆，仍像毛孩子一樣聒噪，也不管上坡多累，一路上都是他在說話，我只是約略知道，他說的是打獵的事、原住民部落變遷的事、兩族間相爭打仗的事，只見他繪形繪色，講到得意處，還特地停下來看看我們是不是都聽懂了。領隊楊南郡先生是最差勁的翻譯官，哈隆口沫橫飛，比手畫腳敘述了半天的事，由他翻譯過來，只剩一個梗概，真是急煞老哈隆了。

走在陰暗的森林裡，空氣潮溼鬱悶，哈隆可用日語、原住民話及生硬的國語，吐出一長串的詛咒；山路一轉，豁然柳暗花明，可愛的哈隆開始唱起聖歌來讚美上帝；高興起來，他輕快地唱著兒歌；最快樂的時刻，他高聲地吼唱〈愛你入骨〉，歌聲震動了整個陶塞溪谷。

走著走著，我們走到了溪的盡頭，再上去就是插天的崩壁，這地方太險峻了，連陽光也不敢多停一刻，天邊的雲，像染血的惡魔一樣，張牙舞爪地翻騰著。我們四條小生命，瑟縮地趴在風化的岩片上，每一個人都明白，只要有一步不留神，就可能造成連鎖的落石，危及全體的性命。

「落石！哎，落石！」聽到這警呼，我慌忙把頭貼近岩壁，希望跳躍而下的石塊，從頭頂上飛過。「哎呀呀！」哈隆在我身後哀嚎：「哎呀呀，石頭打中我的肩膀了，我要死了，沒有人會來救我了。哎呀呀，痛死我了，我不能背東西了，東西要全部丟下山去了……」

東西果真丟下山，我們四個人今天非凍死在山上不可，領隊怕他做出傻事，連忙拿話勸他，怎料愈勸愈糟！哈隆乾嚎不止，我知道打中他左臂的石塊不大，頂多造成一點皮肉之傷，哈隆先生號泣不已，只是因為心裡害怕罷了。領隊眼見勸說無效，只好硬下心腸，改用命令式的語氣叫他自己爬上來，哈隆・烏來猶自號啕了一陣，終於有了點動靜，拾起他的鴨舌帽，慢慢地自己爬上來。

眼看著就要翻過稜線，到達大濁水南溪源頭，一場大風雪卻突然暴發了。我們只得放棄三天辛苦的成果，匆匆地撤退。撤退，回家！哈隆．烏來最興奮了，一路哼哼唱唱，看到設有陷阱的地方，還過去翻找一番。

「啊，真是天賜的禮物！」翻開一塊扁平的石片，哈隆從底下拾起一隻壓扁了的老鼠，高興地歡呼：「我的太太最喜歡吃老鼠呢！」說著，他把老鼠揣入懷裡，我們不約而同地驚叫起來，老鼠，在我們眼中是多麼骯髒的東西，何況又是一隻壓扁了的死老鼠。哈隆感覺不對勁了，訕訕地掏出老鼠，抽出一個塑膠袋裝好，放進夾克的口袋。

「王小姐，」他一面走，一面回頭，用可憐兮兮的國語對我解釋：「我們原住民人，喜歡吃老鼠，爬山爬得快。」不同的民族，本來就有不同的習尚，經他一說，反而令我為剛才的大驚小怪而不好意思。哈隆的智慧，有點像大觀園裡的劉姥姥，雖然沒見過世面，卻洞悉人情。

「王小姐，我們原住民小姐，走得沒有你快。」幾天來，哈隆已經能用簡單的國語跟我交談了。「王小姐，人要做工運動，飯才好吃。」「王小姐，用心聽，學講話就學得很快。」這些極普通的話，從哈隆的口中說出來，好像每一句都飽含哲理。我驚奇地發現：我愈來愈喜歡這位愛說大話的老原住民。

快要回到哈隆家，最後一次的渡溪，溪水顯然比來時又高漲了一些，飄零的雪花，使溪水奇寒徹骨，我們嘆了一口氣，放下背包，準備脫鞋捲褲管涉水過去，哈隆突然提議背我過去，雖然有些不好意思，但是這樣快多了。哈隆蹲在地上，背起我來，假裝跌了一跤，「哎呀，王小姐，」他打趣地說：「你比山豬還重啊？」氣得我直翻白眼，又不敢在涉溪時亂動。過了溪，其他兩個人尋我開心，都說剛才那一幕，好像祖父背著小孫女，氣得我半死，哈隆卻因此對我自稱祖父。

「快到家了，快到家了，我們都是生還的英雄，」哈隆說，「定要殺隻大母雞來慶祝。」老遠，他就撮口長嘯，好像影片裡的泰山一樣。哈隆回來了，哈隆回來了！山神水神大概都被他吵得不安寧了。

果然宰了一隻老母雞，又到上梅園去買了一大桶酒，把住在隔了兩重山的妹妹、妹夫都拖來了。哈隆捲起袖子，讓她們看看他那已經快要消腫了的左臂，一面喝酒、一面向她們敘述自己的英雄事跡，聽得太太和妹妹都一愣一愣地，他說四月間要到陶塞溪上游打獵，他的妹夫連忙恭敬地請求擔任他的副手。哈隆・烏來如今得意得很，連灌了兩碗老米酒，拍拍胸脯對我說：「王小姐，我們男人都是不怕死的，下次你們再來，我還要陪你們去。」我記得那天晚上，他後悔地說：「這是魔鬼的地方，他永遠不要再來了……。」

第二天我們起了個透早，為的是要趕路回去。吃早餐時，哈隆猶在沉睡，離開的前一刻，他卻從床上跳了起來，強睜著宿醉未醒的紅眼睛，搖搖晃晃地走出來，「慢慢走啊，祖父不能送你了。」

「再見，哈隆。」我覺得一股依依之情油然升起，這個可愛單純的老原住民，幾天來，幾乎無時無刻地照顧鼓勵我，他那羅不下一絲機心的胸懷，給予我的開導和啟示，豈是成篇累牘的洋洋巨冊所能給得了的？

「再見了，」我不禁脫口而出：「哈隆祖父，再見了。」

——六十六年三月十九日中央副刊

松蘿湖

松蘿湖原是一個年輕人的理想和幻夢的寄托，而現在，這個夢碎了……

上課鈴響了好一陣子，我像往常一樣地抓著筆記衝進教室。果然，又比教授晚到一步。慌慌張張地尋張椅子坐下，還來不及翻開筆記，坐在左邊的阿潘就不住地用肘子碰我。

「哎、哎，阿廣，」他把脖子伸過來，壓低了聲音說：「人家戶外雜誌社發現了一個十七歲的湖，一個沒有名字的湖，你知道在哪裡嗎？」

「少囉嗦，有什麼事下課再講不行嗎？」我抬起頭來，和教授盯著我的眼光相觸，又慌忙地垂下眼皮。

「唉，阿廣，聽我說嘛，那個湖好像就是松蘿湖耶！」

「真的是松蘿湖，」坐在前面的老蔡轉過頭來，附和地說：「就是你上次找到的，南勢溪上游的那個湖啊！」

我幾乎不能相信自己的耳朵，我寧願現在只是在作夢！「老蔡，」我一把抓住他的肩膀，用力地把他的上身扳過來：「剛剛那些話都是真的嗎？你聽誰胡說的？」

「等會兒找陳燕章借雜誌，你自己看看就知道了嘛！教授在看我們了。」

「嗯，嗯！」教授把手上的筆記放下，用力地清嗓子，我知道這回又有他罵的了，果然：「有些同學，上課遲到不說，一進教室就擾亂秩序，像這樣……。」

我沒有心情聽他罵下去了，我把頭垂得低低的，好像很悔悟的樣子。其實，我正在努力忍住快要爆炸的心。這不是真的！松蘿湖躲得好好的，不可能被發現！但是他們怎麼說得那樣真切？他們聯合起來騙我吧？一定是的！他們知道松蘿湖對我的重要性，他們尋我開心，他們故意編造這些鬼話的！

松蘿湖，這幽遠神祕的地名，從第一次聽到它，彷彿就繫住了我的心。那時我才大一，迎新會上就被兩個學長看上了。

「呂志廣，唔，好名字，嗯，不錯，體格強壯，一副很能吃苦的樣子，可以參加登山社，當一名好原住民。」

第一次讓人這樣看得起，頓時自覺滿面生輝，就這樣愣愣地讓他們「蓋」上了大半個晚上。從近郊的小山蓋到遠程的高山，從溯溪蓋到野外求生。最後兩個人互相使個眼色，其中個子較小的那位拍拍我的肩膀，問我要不要加入他們的行列。

「幹嘛啊？」我閃了開來，有點消受不了他們的熱情。個子較粗壯，面色黝黑的那位，親熱地拉著我出去，兩個人就這樣挾持著我，到側門的麵攤上。

「小老弟啊，你是這一屆唯一可以造就的人才。老哥哥我們呢，再過兩天就要入伍受訓了，可是我們有一個心願還沒有完成，恐怕得靠小兄弟你呢！」

我吃了一點小菜，喝了一口高粱酒，熱辣辣的液體沿著食道衝進五臟六腑，登時覺得熱血沸騰，豪氣干雲，就毫不猶豫地先答應下來。

「是這樣的。」小個子的，那位叫楊景中的，從口袋裡掏出一張地圖，拿著紅原子筆在上面比劃。我只見上面一片混亂的線條，怎樣也看不出個所以然。

「這是北部橫貫公路，這是中橫的宜蘭支線，這是南勢溪，這是池端，這是松羅村，這是拳頭母山，這是……。」

我滿耳聽的都是「這是這是」，眼睛隨著紅筆轉得眼花撩亂，聽了他大約十幾二十個「這是」，實在忍不住了，趁著空檔，趕緊把手蓋在地圖上，滿臉困惑地問：「這是幹什麼的？」

「哎呀，你不行，還是讓我來說吧！細細碎碎的，半天扯不到正題。」梁蔭民戴著厚實的黑邊眼鏡，使他那張粗獷的面孔多了一分書卷氣。

「事情是這樣的，去年我跟楊公在森林航測照片上，發現了一處好像有個湖泊，我們找來稜線圖和等高線圖一看，果然在南勢溪上游，確實有個湖，因為那附近長的都是紅檜，紅檜又別稱松蘿，所以我們把它命名為松蘿湖。今年暑假，我和楊公就沿著南勢溪上溯，走了兩天才到哈盆，過了哈盆之後，就沒有路了。我們選擇右邊的主流走，走在河床或河心。愈走地形愈險惡，溪流的分歧也愈多，每次我們都是猜拳來決定要走哪一條溪的。就這樣走了三天，我們已經不曉得自己身在何處了。我心裡有點害怕，正想提議先回去　判清楚，再多帶些人來，楊公不經意地用指甲畫過登山鞋——」

「嚇，你猜，究竟發生了什麼事？」楊公神氣活現伸出右手食指，朝著天空一畫：「我就是那樣輕輕地一畫，我的登山鞋立刻就張開一張大嘴。原來連續地泡了幾天水，那又硬又厚的皮，早都泡爛了。哈——」

「我們大吃一驚，這下子非同小可，連忙收拾東西，日夜兼程地逃回來。」

「後來，我們很不死心，九月初，又從宜蘭到松羅村，想沿松羅溪上去，結果當天晚上風雨大作，溪水暴漲，我們只好窩在原住民家裡，聽他們說些松蘿湖的傳奇，聽說四、五十年前，那兒是野獸的天堂，當時湖面又廣，四周森林蓊鬱，獐、鹿、山豬還有各種野禽，好像獵也獵不完，後來靠宜蘭這面的森林，被砍伐光了，野獸也逐漸稀少。年長一輩的原住民歇下來，年輕一輩的離開部落，松蘿湖的路就被湮沒了。」

「我們在松羅村等了兩天，和原住民喝了兩天酒，大雨仍然日夜地下，最後只好悵然地回來。我們的湖，也許暫時還不願露面吧？嘿！老兄弟啊，勾起你的興致了嗎？不管怎樣，我們找上了你，這『松蘿探祕』的擔子就移交給你了。來，乾杯，預祝你成功！」

我一仰頭，把大半杯高粱倒進嘴裡，第一次喝這種烈酒，肝肺似乎都在燃燒，耳邊嗡嗡作響，眼前金絲亂冒。但是，另有一股清泉，緩緩地自腦際湧出，在腦裡匯成一泓深潭，潭邊是墨綠色的紅檜林，絲絲地垂下淡綠色的松蘿……

哎，松蘿湖，被發現被宣揚的，不會是你吧？

下了課，我還直愣愣地坐著不動，陳燕章過來拍拍我的肩頭，苦笑著把雜誌攤在我眼前。是它，沒錯，是它。我飛快地騎著腳踏車，到校門的書報攤另買一本，這一本竟然也有！那麼，這是真的了？

我垂頭喪氣地到登山社去，邱淑華給了我個留言：「阿廣：完了！我們的松蘿湖被污染了。」

是的，完了，我對松蘿湖的夢想全完了。我好像被放血了一樣，整個人都虛脫崩潰了。代表我大學四年的夢，也在這剎那間全完了。

我記得我接下這松蘿探祕的擔子之後，彷彿整個人立刻變得有價值了。考了三次才進大學，原本對自己已經沒有多少期望了，一旦讓人畀以重任，立刻覺得活得有意義。我開始鍛鍊自己，無論在體能還是在經驗上，我自覺都有長足的進步，松蘿湖、松蘿湖，這個目標愈來愈具體化了。

只要碰到較能吃苦耐勞的小學弟，或是登山社較可造就的小原住民，我總是鼓勵他們：「加油點，將來帶你們去找松蘿湖！」

或者，自己碰到什麼不順心的事，例如考試被「當」了，我也能瀟灑地說：「沒關係，大不了將來到松蘿湖邊去開墾。」

松蘿湖在我心目中已經不只是一個湖了，它代表一個理想的具象。同時也在這煩擾的世界裡，提供我一個清涼的遁避地。像月球一樣無人騷擾，絕對寧靜，卻又不是可望不可及的。是的，松蘿湖，準備了三年多，我想信我有資格來找你了。

我已經不是大一傻愣愣的阿賡了，這些日子來，我獨自登山，或是帶隊求生。山刀揮過處，少有不應聲而斷的枝幹；即使在滂沱大雨中，我一樣能用溼林取火；我可以不帶糧食，自在地在荒野裡找食物；只用一把山刀，在短時間內搭好棚屋。我敏銳的視力，至今不曾稍減；矯捷的動作，僅稍遜於猿猴。好極了，松蘿湖，你不必再等了，我馬上就要來了。

我籌畫的期間，登山社和森林系的學長，也曾經聞風先去。登山社的隊伍，在林道盡頭折回。學長林則桐自己一個人前去，回來後規勸我不必再去了，因為湖水已乾，松蘿湖只留下一窪淤泥。我不信，我不信，我到森林開發處，千辛萬苦地找到宜蘭地區的航空照片，松蘿湖還在！我可以從照片上感覺它波光粼粼，松蘿湖不會乾枯的，我知道。為了這點，我特地準備了鋸子和鐵釘，我要造一艘木筏，在湖面上泛舟。

下午，我在路上碰到邱淑華，這才意識到，我已經茫然地在校園裡蕩了五個小時了。沒吃中飯，也不覺得餓，失落的感覺，塞得滿身滿心，已經容不下其他的思想或感覺了。

「嗨，阿廣，」邱淑華儘量裝成無事：「現在，我可以把松蘿湖之行寫出來了吧？」

「寫吧，反正我們已經無力再隱瞞了。真該死，天下就有這種不甘寂寞的人，非帶大隊人馬去糟蹋它不可，五月廿八日，他們還會另外再給它一個名字呢！」我愈說愈激動，強忍了一整天的淚水，竟決堤而出。

「算了吧，生氣也沒用了，幸好我們又有一個新的湖可找，這回不要再洩露出去就好。」走了幾步，她又回過頭來：「阿廣，拜託你回去把資料和紀錄寫一份給我吧？我的印象已經模糊了，不知道要從哪裡發揮起。」

「好吧，過兩天給你。」我隨口答應她，找到單車騎回宿舍，抓出吉他想要痛快地發洩它一陣，竟又提不起勁來。勉強撥弄一陣殺伐之音。我覺得累了，就頹然仰臥床上。

天花板上一圈圈的雨漬，彷彿都幻化成松蘿湖了！我們在湖畔廣闊的草地上奔跑打滾，驚起了棲息在樹叢草堆裡的野鴨。哎，是絢麗華彩的鴛鴦哪！啪、啪、啪地繞著湖畔的山腰飛一圈，又輕盈地滑降在湖面。

湖畔紅檜掩映，湖上薄霧迷濛，松蘿湖原來只合神仙居住。但是，現在我已經可以預見：垃圾將在那裡堆積，鴛鴦要被迫遷移。鮮美的草地要被踩成癩痢頭，紅檜被砍來升營火，松蘿湖不久就要淪落成一個野營勝地了。……

慢慢地翻閱行程紀錄，這份紀錄是我大學四年唯一的成果吧？我覺得一股心酸襲上來，止不住的淚又撲簌簌地滾得滿紙，我慌忙地用手擦去，模糊了好幾片地方，藍色的水漬，好像映著天空的湖水。

清晨四點三十分，我們搭乘欣欣貨運的材車往棲蘭山區。十一月的早晨，連天空都凍得發紫，晨風颼颼地吹得鼻子發酸，但是我心裡卻充滿了甜甜的笑意。搭了一段車又走了八公里路，九點，我們才抵達秀麗的池端，這時，霧濃得像牛奶一樣，我們在慈亭和苗圃閒逛。一位原住民人警告我們，林道被茅草封塞了，十三公里以後路況不良。

果然，這是一片管理不善的造林地。柳杉和茅草等高，林道顯然已經久欠維護了。

濃霧忽散忽合，散的時候，我們可以遠眺南湖群峰和雪霸的稜線；聚濃起來時，我甚至只能用腳步聲來判別另外的三個夥伴。今天的目的地，是林道上的第四座工寮，即使霧氣再濃些，我也不怕，但是明天起，我們的路徑就全要靠判斷了。「老天爺，」我偷偷地祈禱：「今天隨你高興起霧，甚至下雨都沒關係，但是明天，無論如何，我們需要半天的晴天！」

半夜，我夢見滿天燦爛的星光，睜眼一瞧，果然月光斑駁地瀉得滿地。「啊哈！」我大叫一聲，跳了起來，連踢帶揍地把隊員抓出睡袋：「月亮曬屁股囉，月亮曬屁股囉！」我們四個又叫又跳，樂得快瘋了。

天空還是灰濛濛的時刻，我們已經整裝出發了，密麻麻的茅草沾滿了露水，不多時，已經把我們浸得溼透了。撥開茅草叢，回頭一望，一輪紅日正從太平洋水天接縫處迸了出來，剎那間，海水也亮閃閃，茅草也亮閃閃。

林道的盡頭，可以看見稜線蜿蜒地朝北伸去，最高的是拳頭母山，它的西南方，掩覆在層層密林之下的，我知道，那就是我魂牽夢繞的松蘿湖呵！

「看哪，那就是松蘿湖！」我伸手朝前一指，抽出山刀，豪氣萬千地說：「我們快馬加鞭地趕過去，中午在湖畔野餐。」

我們沿著路旁的小支稜向下衝，一路，我把整條稜線的地形牢記在心，老天果真只肯給我們半天晴朗，山坳裡的霧氣又逐漸蒸騰起來。這是紅檜和闊葉樹的混生林，許多數人合抱的樹椿，和東倒西臥的巨材，迫使我們又鑽又爬，好容易才下抵鞍部。

鞍部上有一條隱約的小徑越嶺而過，我們就沿著小徑向西側走，起初是乾溝，漸漸地，有潺潺水聲，但水流在亂石之下，一點點的溪水，剛好只夠潤溼山溝。繼續走，不知不覺中，水量漸漸豐沛起來，溪谷也逐漸陡峭，兩岸夾峙的是密不見天日的原始紅檜林，絲絲的藤蘿自枝幹間垂掛下來，樹身也長滿厚密的苔蘚。

再繼續走，恐怕就要碰到瀑布了，我注意到東側有一道陡降的乾溝，便率先地沿著山溝攀上。沒幾分鐘，就知道誤入歧途了，但是為了趕時間，我故意隱忍不說，仍使勁地向前衝去。

啪嗒、啪嗒地踩斷腳下腐朽的枯枝，唧唧地踩出一窪窪的水，這裡可能原是沼澤地，捲曲的藤蔓像絆馬索，又像吊人結。糟了，我們身陷重圍，恐怕要浪費很多時間，我奮力地揮舞山刀，走在最前面開路。松蘿湖，我等了三年多了，今天，我非找到你不可。

「阿廣、阿廣，領隊大人，拜託您走慢一點好吧！」後面的隊員，忍不住地抱怨：「您就饒了我們吧！」不行，松蘿湖就在眼前，再忍耐一下吧。我奮力地揮動山刀，繼續開路。鑽的、翻越的、像平衡木一樣地踏獨木而行的，一顛一躓，我咬緊了牙根，不抱怨，也不聽隊友的抱怨。

好了，好了，我們脫離苦海了。稜線上可以看見松羅溪，還有兩岸火紅的楓林，而南勢溪這一側，是墨綠色的檜林。好傢伙！若不是有更重要的事，真想就此紮營。

前面峰頭圍成的凹地是松蘿湖嗎？我的心頭一陣狂跳，「到囉，到囉，松蘿湖到囉！」我丟下背包，向前狂奔，一看，差點沒失望得昏倒：這長滿水草的溼地，就是松蘿湖嗎？一公尺寬的一彎清溪，把水灌在一個臉盆似的窪穴裡，松蘿湖啊，這個玩笑未免開得太過火了。

霧氣像我的迷惑一樣，重重濃得化不開，我坐在溼地中仔細地回想：這一處乾涸的沼澤，不正是學長林則桐從前來過的地方？當時我判斷松蘿湖應在更北方，我把早上記熟的稜線地形圖拿出來印證，不錯，我樂得跳起來，顧不得長褲溼淋淋，我在澤畔挑一棵高大的紅檜，三兩下地爬上去。哎，老天，給我一分鐘的晴朗好嗎？怪的是濃霧真的暫時散開了。

「唷嗬，兄弟們，我看見目標了！」

我們顧不得吃中飯，一顆心早飛到湖上了，朝著東北山溝急降的，是我們跌跌撞撞的身影；淅瀝淅瀝下降的，是密密的雨點；哎喲——「砰」一聲的，是我們滑跤的聲音。

雨下得更大了些，好像是為了追回上午的晴朗。山溝裡愈來愈幽暗了，我的心也漸漸陰沉起來。一整個下午，我們不曾稍歇地趕路，而松蘿湖彷彿是個搗蛋的小孩，愈躲愈遠愈深。天色真的暗了，山溝裡滑溜溜的，為了隊員的安全，不得不下令緊急紮營。這夜，我難過得吃不下飯。

十一月十四日，這是最值得紀念的一天。晨風送來幾許清涼，昨夜的雨停了，但是早先的興致全消，無可奈何地收拾帳篷，我很不甘心下令撤退。

這時，一陣風吹來，夾雜著細碎的人聲，我甩甩頭，仔細地再傾聽。是的，是人類的聲音，我們喜出望外，扯開嗓門大叫，一陣沉寂後，竟有回音！

「啊，松蘿。啊，松蘿湖！」我像瘋了一樣地又笑又叫，「我差點和你失之交臂了。」眼前這一片如茵的草地，鮮嫩細密得好像秧圃。中間幾窪形狀不一的，是湖水。水量雖然不足以泛舟，但是，誰能面對這景象，還想再苛求什麼？

湖邊的溼地長滿水蓼，再往外一點，是密密的水韮，圍繞這一大片綠毯的，是正在開花的山茶，這開滿白花的茶科植物之後，才是闊葉樹和紅檜林。屬於地衣類的松蘿，絲絲地纏繞在這些枝幹上，一種古樸的風味，不自覺地含蓄在其中。

唷嗬，唷嗬！原先在湖畔紮營的原住民，也沾染了我們的歡樂，在這面積大約五萬平方公尺的草地上，我們就盡情地奔跑追逐。

東南方一個小山溝沖積的平台上，濃濃密密長滿茅草和灌叢，這是鴛鴦的棲息地，還有另一些遠來的過客，或是暫居的候鳥，嘎嘎地叫，撲撲地飛，更顯出這湖原有的靜謐。驚起的水鳥，只給我們以一瞥，就飛矢般地沒入霧中。湖畔許多圓深的凹穴，是牠們挖掘蚯蚓留下來的。

四個國中的小原住民，個個活蹦亂跳的，三十餘歲的李文達是他們的「老闆」。松蘿湖幾十年沒有人跡，一個月前，他們才披荊斬棘，自松羅村上抵此地，目的是採集湖旁的水苔，烘乾後外銷作為養蘭的培植基。

徜徉在這靈山秀水間，一整天興奮的情緒還平息不下，或者趴在草地上，聽伏流水從地底下淙琤而過；或者細探鴛鴦踩過的路跡；或者和原住民印證附近的地形；或者乾脆什麼也不做，就躺在草地上，以「感覺」來欣賞松蘿湖的美。

真不想走了，第二天拖拖拉拉地弄到十點多，被原住民朋友又催又勸的，才不情願地動身。

臨行，原住民李文達表情凝重地要求我們，暫時不要把這一處嫏嬛福地公諸於世，他說：「否則，一大批登山隊員來到，這個湖就完了。」我想：在國民道德水準還不夠保存一份自然美之前，我們的確有義務暫時隱瞞這一處仙境。我鄭重地答應他了。

闔上紀錄本，我的眼眶又溼熱起來，想不到二月間一次無意中的走漏消息，竟使松蘿湖再也保不住它的寧靜與安詳了。四十人的露營大隊伍，十幾頂的帳篷，還有四十份垃圾，還有隨之而來的更多更猛烈的破壞……

再見了，我的松蘿湖，你現在是屬於社會大眾的。

半夜，我夢見我躺在松蘿湖畔，天空密密地下著垃圾雨。……

——六十六年三月十九日中央副刊

求生記趣

天鷹群

天鷹群是台大登山社嚮導組旗下的一個小群，成員只有三名：阿廣、小弟和我。阿廣和小弟都是森林系的，一走進山林就似龍歸大海。小弟的口頭禪是：「待本專家來鑑定鑑定，就知道本專家認不認識。」阿廣是我們的群頭，擅長在雨中升火和爬到樹上採蘭花。

因為我們都自封「野外求生家」，因此每次外出勘察，總不好意思帶太多糧食，通常只帶了不足量的米、鹽和大蒜而已。「野外求生家的糧食，都放在大自然裡！」這是我們的信條。當然，有時我們不免會找不到足夠充飢的食物。

但是，據說人類在半飢餓狀態下，比較聰明而勤勞。我一直不明白的是：為何？

捕蛇記

自從亞當夏娃被蛇陷害以來，我們人類就和蛇類結下不共戴天之仇。老實說，我實在是怕蛇而不是恨蛇。因為從小就一直被灌輸這種觀念：看到蟑螂老鼠蛇，而不尖聲怪叫、逃之夭夭甚至昏迷者，其非淑女也矣與。我到現在還想不透：我哪來的膽子抓蛇、殺蛇、吃蛇？大概總是餓昏了頭，但見蛇肉不見牙吧？

捕蛇的方法很多，有人用手有人用電，有人用蛇籠有人用鈎棒。幾乎每一個科班出身的「野外求生家」，只要一提抓蛇，都會莫名其妙地抖擻起來。原來是每一個人都各有一套捕蛇妙法。

我記得有一回，正當大夥七手八腳地圍剿一條可憐的長蟲時，我聽到一種過度亢奮的聲音在嘶喊：「抓七寸，抓七寸！」

「七寸？」好極了，我們野外求生專家早把這句話奉為圭臬，所謂「捉蛇捉七寸」，意思和「擒賊先擒王」有點相像。但是，嚷是會跟著嚷嚷，其實我一直不甚清楚：七寸究竟在哪裡？這回碰到行家了，我得趁機問清楚。

「兄弟啊，」我拼裝出一副虛心求教的架式：「剛才您所說的七寸，能不能指點我一下？」

「七寸就是要害嘛，」他鄙夷地說：「傻瓜才不懂。」忽地臉上閃過一絲愧色，他壓低聲音說：「其實我也只是聽人這麼說過而已。」

所以一直到現在，我仍不清楚七寸在哪裡，只是根據歷次經驗，抓蛇的時候，如果太用力扼住牠的頸子，有時會把牠捏死。所以我猜想，這大概就是七寸要害了。其實，憑良心說，哪一種動物的要害不在脖子？

徒手捉蛇究竟危險性太大，為智者所不取。我們人類的定義就是：會使用工具的動物，因此，我看過五花八門的捕蛇用具，種類比我認識的蛇還多。但是除了職業捕蛇人，誰能經常攜帶全套裝備？

阿廣說野外求生的意義，就是一切要取諸自然，用諸自然。因此我們爬山時也不帶帳篷，也沒有繩子，唯一可用的工具只有一把山刀。每回上山的第一件事就是砍下三根桂竹，把其中一端的左右各削去一片，立刻變成一根兩牙尖銳的捕蛇叉。看到蛇時，對準牠頸部最細處一插，這沒腳的爬蟲就卡在兩牙的中間，進退不得了。

捕蛇叉的用處不限於此，當到處找不到蛇，又餓又累得走不動時，拿來當作拐杖，倒也挺合用的。

在我們四年的求生生涯中，命喪叉下的長蟲倒是不少，最高紀錄是在哈盆一夜連抓十七條，掛在竹竿帶回學校，真是威風八面萬眾矚目。

不過我記得最清楚的是，我們第一次捉蛇的經過：

那時我們都還是初生之犢，但是已經雄心萬丈地擬定了一套野外求生訓練計畫——是訓練別人的！

我們的求生訓練計畫剛剛推出，正好碰上了野外求生熱潮，報名的人立刻蜂擁而至。「怎麼辦？」阿廣愁眉苦臉地找我商量：「報名的人非親即故，讓誰去不讓誰去呢？」我接過一大疊報名表，數數看竟有一百多張，我們只準備帶十六個去呢！

「那還不簡單，」我腦筋一轉，立刻想出餿主意：「找條蛇來看誰敢抓？弄些野菜來，不敢吃的就別來。」於是我們立刻動身到烏來山區去籌集東西。

野生植物是長在地上的，只要肯動手去採，不一會兒就裝滿幾大塑膠袋，至於蛇嘛，稍微麻煩了點，必須等天黑之後才能動手。

天總算暗下來了，我們三人各拿一根手電筒，帶一根捕蛇叉，雄糾糾氣昂昂地出去巡捕了。咦？怎麼走了半天，連條鬼影子都看不到？小弟說我們大概殺氣太重，把蛇都嚇跑了。

起初殺氣騰騰倒是真的，但是走了三個多小時，汗已經流光了，褲管被露珠沾溼，手電筒的光也弱得快看不清了。我不相信我們這種狼狽相，還有什麼殺氣可言？可是仍不見半條長蟲，連阿廣那麼銳利的眼睛都看不到，我和小弟這兩個大近視更別說了。最後決定先回營地換一組乾電池再說。

蛇！蛇！蛇！一條雨傘節從眼前滑游過去，阿廣眼明手快，立刻一叉刺下，我們也立即支援，但是那條小蛇只比蚯蚓大那麼一點點，居然順利地連過三道關卡，一溜煙留下我們三個面面相覷。

「算了，」我最看得開：「有一就有二，那一條小蛇抓牠無益。」

但是下半夜，儘管我們走得筋疲力盡，看得眼珠都快暴出來，仍是毫無所獲。天已經快亮了，我們只好回營收拾東西，準備回家。

「嘿！你們看那是什麼？」回家的途中，路上一根懸垂下來的樹枝上，居然纏著一條比拇指還粗的青蛇（樣子與青竹絲差不多，但是尾巴不是紅的，頭是圓的，而且無毒），看樣子這條蛇老兄猶在酣睡中，連我們拿塑膠袋的窸窣聲和興奮的喘氣聲都沒聽到——就這樣，我抓到了生平第一條蛇，說得確實一點，應該是：我「撿到」了生平第一條蛇。

蝸牛

「很好吃呢！」一個福山村的原住民小孩告訴我，另一個小孩同意地點點頭。

下過雨後，蝸牛滿地亂爬，在我們野外求生家的眼中看來，正是滿地亂爬的「蛋白質」。但是蝸牛又黏又髒，看了都覺噁心，華西街的炒螺肉雖然時常引得我直嚥口水，卻始終不敢輕易嘗試。五十種以上的寄生蟲哪！可不是開玩笑的。

但是為了一時虛榮，擔任了這個撈什子「野外求生營副領隊兼總教練」，只好咬緊牙關，裝出一副滿不在乎的樣子：「蝸牛抓來了嗎？很好，都堆在這裡。你們注意看，簡單得很，先用石塊砸碎牠的殼，用小刀切下這一塊腹足——這是蝸牛唯一可食的部分……」

「真罩！」「好殘忍哦！」「噁心死了！」底下一片竊竊私語。

「好了，各位有什麼問題可以提出來？」

「教練，」一個動物系的女生站出來：「我想我們最好不要吃蝸牛，因為我們書上說，蝸牛幾乎可以說是一切寄生蟲的中間宿主。」另一個同系男生隨聲附和。

好啊，有人在惑亂軍心，我略一定神，想到此風不可長，否則這不能吃那不能吃，我們的野外求生營豈不是泡湯了？於是我立刻反擊：「諸位，野外求生的技巧是在萬不得已的時候用到的，各位想想，當我們在深山中迷路挨餓時，甚至連蚱蜢螞蟥都吃，何況是蝸牛呢？」我立刻叫那個愁眉苦臉的女生上前練習殺蝸牛，然後自己溜到河邊去搓洗我那滿手的黏液，老天，真噁心呵！

切下來的腹足堆成一座小山，不知道又害死了多少條小命，我們用肖梵天花的粗葉子和炭灰去搓洗黏液，再用鹽洗，煮過一次、再搓、再煮，足足花了一個下午的時間。最後用大蒜和辣椒一起拌炒，華西街那誘人的香味直撲每一個人的鼻孔。

「算了，」那個多嘴的動物系嘆了一口氣說：「調理了那麼久，大概所有的寄生蟲都死光了。」

下次再辦野外求生營，我鐵定不收動物系的隊員。囉嗦最多的是他們，吃得最兇最饞的也是他們！

魚叉

從蘭叿到福山途中，我們誤上賊車，本以為是免費搭便車的，沒想到竟被敲去一百五十塊錢。我們自然該忿忿不平，但是群頭阿廣卻認為值回票價。因為在車上，同車的原住民把他那根造價一百五十元的魚叉借給我們 究。下車後，又讓我們觀賞了一場神乎其技的叉魚表演。

原住民的魚叉看起來真棒，前端是六根精鋼打造的倒鈎，泛著森森藍光圍繞成一圈。下水後更像魔棒點化的蛟龍一樣，只見魚叉奔竄飛揚處，深潭石穴中的游魚哪一條能逃得過？間或有一叉雙魚的精彩鏡頭，直把我們的群頭大人看得雙眼發直，羨慕得咬牙切齒，只恨沒有一叉在手，也下去表現一番。

到了福山，瞧！不出所料，群頭大人立刻打聽魚叉的價格。不賣？那麼是要送我們了？沒想到這裡的人一點都不懂「村民外交」，還口口聲聲地說：「魚叉要是送了人家，原主就要倒楣，一輩子再也叉不著魚。」算了，我們難道不會自己做？

阿廣的眼睛滴溜溜地轉，一路上在留意著做魚叉的材料。有一陣子找不到路，他獨自過溪去找，半小時後高興地回來，找到路了，但是更值得高興的是：找到了一座廢棄的吊橋，「上面有一些粗鐵條可以用呢！」

紮營後，不久天就黑了，累了一整天，大家都趁早就寢，只有阿廣還在弄他的魚叉，在手電筒微弱的照明下，努力地磨他的鐵條——兩根彎彎曲曲，鏽蝕不堪的鐵條，先得用石頭慢慢敲直它，然後在河邊的石塊上磨啊磨，還不時得添些水。哎呀，氣死人了，又是一個鏽坑，只好重新再來，夜漸漸深了，阿廣在磨鐵條；天已快亮了，阿廣還在磨鐵條，不禁令我想起：鐵杵磨成繡花針！

「阿廣，來幫忙升火！」

「阿廣，快來拿開竹筒飯！」

「快點，阿廣，快要燒焦了！」

「臭阿廣，你在幹什麼？一點都不幫忙！」

阿廣恍若未聞地磨他的魚叉，彎他的魚叉，綁他的魚叉……等到無具炊事的一陣手忙腳亂之後，正準備找他算帳時，阿廣拿著完成的魚叉走過來，樂得露出森森大白牙，我也忍不住地想笑：沒有倒鈎的魚叉，鬆鬆地綁在竹竿頭，機動系統是由兩條取自彈弓的橡皮筋湊合而成的，真是一枝標準的克難魚叉。

潭裡的大魚小魚快注意，我們的群頭要大顯身手囉！阿廣執著魚叉，雄姿英發，一副「泰山」模樣，可憐溪底的游魚，莫不要被趕盡殺絕了？

阿廣憑他游泳選手的本事，在水裡像蛟龍一樣地飛揚奔竄，魚叉頻頻發射，但是，除了濺起一陣水花外，連魚尾巴都沒沾到。——沒有潛水鏡，人的眼睛在水裡，怎麼比得過魚？——這是阿廣的理由。

我們不能怪阿廣，當然更不能怪魚叉，要怪就怪魚類太精明了。既然叉不到魚（倒誤中了一隻蟹），寶貝魚叉在照過一張紀念照之後，只好被打入冷宮，所有能利用的東西都被剝下，包括兩條取自彈弓的橡皮筋。

魚叉的故事到此已經結束了，至於那張紀念照，倒有必要一提：阿廣手執魚叉高高揚起，兩眼瞪視前方目標物，一身肌肉怒張，好漂亮的鏡頭！當然，這不是標準的叉魚姿勢；當然，如果有一個潛水鏡，一切可能都要改觀了；當然，我們也不能儘在嘲笑阿廣和他的魚叉。

我們且聽阿廣說些什麼：「明年暑假，再到這裡住兩個星期，要建一間木造的房屋；帶一把好魚叉和潛水鏡；布下十幾個陷阱，不相信兩個星期沒有野豬來踩！」

陷阱

阿廣說，有些人天生有煞氣，像他弟弟一樣，布置的陷阱，野獸較易上當。但是我和小弟都是秉性敦厚仁愛的人，阿廣更是整天笑嘻嘻的，哪來的煞氣？

我們在山裡亂衝亂闖時，常常會碰到獵人布置的陷阱，通常都是捉果子狸用的，運氣好的時候，可以免費打一頓牙祭，或者惻隱之心發作，把牠放生了。

「同樣是一條生命，」阿廣說：「我們要殺就殺大的。」大的是指野豬這一類的大型野獸，我不知道他是真的心存慈悲呢，還是只是貪心而已？反正我們每次布置陷阱的時候，總是找彈力最強的樹幹，用最粗最韌的繩索，恐怕就連大象也難得逃脫。

台灣的野生動物已經不多了，但是野外求生的課程總不能不教人家如何設陷阱。所以我們到達目的地後的第一件事，就是在營地的周圍布下各式的陷阱，茅草叢裡，黑樹林下，甚至溪邊，只要有一點獸跡，就挖坑設陷阱。到底設了幾個也搞不清楚。

半夜裡聽到野豬刨坑的聲音，夾雜著憤怒的低吼，捉到了捉到了！每一個人都興奮得睡不著覺，起來坐也不是，繞著營地走也不是。晚上出去實在太危險了，但是，連阿廣自己也迫不及待地想去看看，最後只好順應民情，整隊出發。

「看到野豬時，你們千萬要小心，不可以隨便靠近，困獸之鬥是最要命的。」一路上，阿廣不住地叮嚀，每一個人也都是山刀出鞘，一副如臨大敵的樣子，我覺得心臟跳得好兇，好像要迸出喉嚨，乖乖，我們真的捉到野豬了。

我們沿著溪畔巡視一遍，沒有。再鑽入茅草叢中查看，也沒有。最後只剩下古木參天的原始林下了。夜晚的樹林，黑黝黝的，枝幹交錯，樹根虬結，走得令人驚心肉跳，又怕蛇又怕真的碰到野豬。行進速度既不相同，不一會兒隊伍就分散了。

奇怪？我和阿廣走在最前頭，差不多所有的陷阱都查遍了，全部完整如初，那麼剛才的吼叫是怎麼回事？也許是野豬在打架吧？突然，遠處有人呼叫，阿廣眼睛一亮，立刻精神大振，真的捉到了！我們快點過去幫忙吧！

噢，我的天！我永遠也不會忘記這一幕——那個被強力吊子懸在半空中掙扎不已的動物，不是一隻野豬，竟是一個嚇得面無血色的隊友！

茅草稈裡的蛋白質

有一回，我們勘察的山區顯然還是處女地，因為小弟不斷地使用他的口頭禪，而阿廣更是大展身手，幾乎每遇到一棵大樹，都要爬上去找蘭花。結果讓我們消磨了太多時間，到天黑時還沒找到東西吃。

怎麼辦？只剩下一點點米，今天晚上吃飽，明天整天都得挨餓。最後決定：晚上吃到半飽，留下一把米，糊糊明天早上的口。

清早是被餓醒的，趁著天色微明，在營地附近找到不少可以充飢的野菜，我又從背包的底層摸出一包陳年的太白粉，加到澄清如水的稀飯裡，居然變得濃稠得有點像樣了，阿廣很高興地正式把這道稀飯命名為「天鷹太白粥」。小弟這個嬌生慣養的孩子卻一直抱怨食無肉。

等等，阿廣想到什麼似的跳了起來，往山坡的茅草叢裡鑽了進去，不一會兒，拿出幾根像茭白筍的東西。明明是茅草稈嘛，怎麼底部會膨大起來？阿廣把下面肥大的部分剝開，我的天啊，裡面滿滿塞著成百成千的紅色小蠕蟲，而阿廣竟活生生地抓起這些小蟲往嘴裡塞。

「不知道是什麼蟲的幼蟲，但是很好吃呢，我們小的時候常常找來吃，我竟給忘了。小弟，你不是缺少蛋白質嗎？喏，拿些過去吧！」阿廣洋洋得意地說，又抓一把吃了進去，看得我眼睛發直，心裡發毛。

小弟躊躇了好一陣，終於下定決心試吃一些，沒想到一吃之下，竟讚不絕口，甜脆而多汁，難道真是珍饈？儘管他們極力推薦，我始終不敢輕易嘗試，最後總算雙方互相妥協，我把小蟲倒入煮沸的太白粥內消毒一陣，再連著稀飯囫圇 下。

小弟和阿廣一直到現在還念念不忘茅草稈裡的蛋白質，對於我的不懂欣賞美味珍饈，只是搖頭連聲地說：可惜可惜！

茅屋

我們的哈盆野外求生營，老實說，並沒有真正做出什麼特別值得一提的事，硬是找出來的話，也許徒手建起一棟茅屋，可以勉強拿來稱道。

說來有點令人難以置信，我們連一根繩子一條鐵絲都沒有，就光用竹子和茅草把我們的茅屋撐起來。而這棟茅屋，據說在兩個月後，還庇蔭了不少後來者。

根據群頭大人的經驗，一棟合格的茅屋，要具備三大條件：平實的地基、結實的骨架和密實的屋頂。因此，最結實的人，派出去砍竹子，次之的割茅草，像我這樣氣力平平的，只好留下來效精衛填海了。

彎腰，撿一塊卵石，投入畫定的地基，再彎腰，重複的動作使我腰痠臂痛，像機器人一樣地工作半個時辰，才瞧見割茅草的施施然回來。「哎呀，這一點點茅草怎麼夠——」聲音戛然而止，突然發現割茅草的雙手帶傷，目露兇光，山刀在他們手中呢！

既然沒有繩子鐵絲可供縛綁，我們只好使用「竹篾」。竹篾是綠竹的外皮，用山刀小心剝下，再分成細長條，這長而堅韌的纖維，使用起來，有時比鐵絲繩子還方便。

一直到現在才弄清楚綠竹和桂竹的區別：能拿來劈竹篾的，就是綠竹，有脆嫩竹筍可挖的，也是綠竹。「那麼，桂竹就是不能劈成竹篾，也沒有竹筍的？」不成，還得看竹節和季節。哼！就知道禾本科最難分辨，其實不是我笨。

經過了一番「人定勝天」的奮鬥，終於把地基填高填平，把屋架豎穩綁牢，把堆積如山的茅草，層層覆在屋頂上，我們的茅屋總算落成了。嚴格地說，應該只能算茅亭，因為這棟只有屋頂的建築，可以從任何一個角度，盡窺宮室之美。幸好遵從了「兔子不吃窩邊草」的古訓，我們的窩邊還留下了兩片密密麻麻的茅草，為了偷懶及通風，牆壁就免了吧？

如果不是最後一天的考驗，這棟茅屋可說是竭善盡美了。瞧！儘管陽光潑辣，茅屋裡卻是又陰涼又通風，正合隆中高臥。晚上氣溫雖然略低，卻因眾隊員「擠擠一堂」而溫暖不少。何況四面無牆，睜眼就可瞧見滿天星斗，真有幕天席地的痛快。

話說求生好戲唱至壓軸，全體隊員傾巢而出，分路求生去了，正當進行得如火如荼的當兒，雷聲雨點卻突然暴灑下來，倉皇撤退中，還慶幸至少有個躲雨避風處，可以烤乾一身溼衣，煮鍋薑湯驅寒。誰知道回營一看，差點沒昏倒，屋內屋外雨水連成一片！也怪這場雨太大，超出了我們屋頂的蓄洪量。

緊急措施是趕緊給茅屋穿上雨衣，讓屋內暫時歇雨。溼淋淋的衣服不換下來怎麼成？屋外還在下雨，不能把男士們趕出去，沒有牆壁真是太不方便了，只好讓他們躲在屋簷下，一聲令下，全體男士面向對岸，所有女士匆匆換衣。

我一面升火趕煮薑湯，一面抬眼斜睨這滑稽的一幕，啪嗒一聲，一顆碩大的雨滴，從屋頂的隙縫滾進我的背脊。

神仙菜

飛禽走獸的肉固然引人垂涎，但卻是可遇不可求的。野外求生家的信條，是要爭取主動、制敵機先，所以不會走動的植物，才是我們手中的最後一張王牌。

問題是，自從神農氏嚐百草以來，味美可食的植物都已被人類收錄在菜園食譜中了，剩下那些流落在荒山野地的，大多是粗糲難以下嚥，甚至是苦澀難以入口的。既然要自命為野外求生家，只好常和自己的胃與舌頭商量。

被其他的野外求生家慧眼看中的野生可食植物，種類大概總有千八百種吧！但是每一個人的舌頭和胃的能力不同，能夠吞下且消化吸收的野生植物，能有三十種就很不錯啦。

當我們三個還是愣頭愣腦，剛從野外求生幼稚園畢業的時候，就傻傻地帶了一本百草圖到野外，一一按圖摘採，如法烹煮一番。

「哎呀，這雷公根吃到胃裡，我覺得肚子好像在打雷！」小弟首先受不了，大叫抗議。

「我恐怕桑葉吃多了，會像蠶一樣吐絲呢！」我也幽幽地抱怨。

酢醬草、羊蹄、秋海棠這一類酸酸的草本植物，除了怕傷胃外，還算是挺不錯的口味。最怕的是兔子草、黃鵪菜的苦汁，或是蛇木髓部滑膩黏黏的噁心感。

捏著鼻子強嚥下二十多種野菜之後，輪到了昭和草。昭和草是抗戰末期，日本人特別引進台灣的救荒植物，想起來應該是比較適口的。也不知道那次究竟是味覺已遲鈍了呢，還是自己生活標準大幅下降？反正昭和草一入口，每一個人都覺得實在是無雙美味。

「哈哈，真是吃了神仙菜，快活似神仙。」阿廣得意地說。

於是我們決議把昭和草正式命名為神仙菜，並且四處宣傳我們的新發現。

幾年後，我們一齊去參加一位著名的野外求生專家的演講，當他介紹昭和草時，特別加上一句：「昭和草又名神仙菜……」

我們三人不禁相視一笑，再笑，終至捧腹大笑。

——六十七年四月五月號野外雜誌

〔跋語〕跋涉千山萬水，自逍遙

「跋涉千山萬水，自逍遙。」這是初中畢業時，一個最要好的同學，為我題在紀念冊上的九個字。

那時我還沒開始爬山，也不懂體味山林裡的一切。但是，我喜歡「千山萬水」這四個字。

我從小生長在多山的三峽鎮，那時，道路修築得少，往來的交通，大部分倚仗盤旋在山腰的台車道。每年的農曆年前，和家人攜帶禮物去探訪住在深山的親友，乘著台車，親空親空地繞著一重山一重水的印象，始終鮮明地烙在腦裡。我喜歡聽車輪輾過軌道，發生呼呼的聲音；我喜歡聽台車夫手中的木杵，篤、篤、篤，飛快地撐著枕木，穿過黝黑滴水的山洞，飛馳在直插入天的峭壁上；我喜歡迎面吹來飽含水氣的谷風；我更喜歡那種繞過層層山巒，逐漸遠離人煙，奔馳在溪谷上的感覺。

但是，在高中以前，我始終不曾倚靠自己的雙腿，一步一步地踏上高山之路。李瑞琦，我那初中最要好的同學，何以題給我那麼耐人尋味的句子？我一直到現在還百思不解。除非，她有預言的天才。

我原是愛海更甚於山的，我那年輕跳躍的生命，似乎只有海的活力可以相比擬。我喜歡仰浮在海面上，承受海波的起伏，我喜歡趴在巖礁上，讓乘勢而起的浪濤，飛濺得我滿臉滿身；我喜歡踢著碎浪，在沙灘上尋貝。海的性格多變，比那沉穩的山岳更適合一個作夢的女孩。

第一次有機會參加青年自強活動，我毫不遲疑地填上「海洋育樂營」。然而，我被陰錯陽差地分發到「雪山登峰隊」。就這麼一次，我被山攫獲了，從此日日夜夜，只想念山上的日子……

我的登山啟蒙者，是韓念錦老師，韓老師帶我爬上生平的前兩座高山，雪山和玉山。在我眼中看來，他簡直就是山的化身，他像山一樣沉鬱穩重，從來不曾聽他多說一句話，他教我如何調勻呼吸，踏穩腳步，「走，帶妳去看看冰斗是什麼樣子？」「明天早點起來，帶妳去認識幾座山。」

兩次的登山途中，我緊跟在他身後，像海綿一樣地吸取他的登山經驗，使我在往後的山路上，減少許多盲目摸索的過程。

第二個影響我最深的人，是陸軍谷關山寒訓練中心的徐國峰教官。在這之前，我雖然爬了幾座山，但總是跟著大隊人馬走路，跟著大夥兒笑鬧，我只是一個喜歡到高山遊玩的孩子，直到認識徐教官。

徐教官也不愛說話，他教我不只要用腳來爬山，更重要的是要把自己的「心靈」和「感覺」一齊帶進大自然裡，用心來爬山。

他教我如何把手浸入奔流的大甲溪中，體味那清涼流動的感覺；把手覆在石頭上、樹幹上的感覺又如何？輕輕拂過草梢，或捏緊一片樹葉是怎樣的感覺？整個人俯伏在草地上又怎樣？

我說：「這山谷安靜得連一點聲音都沒有。」是嗎？他讓我閉上眼睛再諦聽一遍。我閉上眼睛，首先聽到微風吹過樹梢的沙沙聲，遠處大甲溪淙淙流過，近處溝澗潺潺；有蟲聲，有鳥鳴，還有我自己的呼吸聲；再靜聽，連微弱的心跳聲也聽到，還有樹葉飄落地上輕微的觸音。我滿懷愉悅感激地張開眼睛。是的，四周是寧靜，而不是死寂的！

他教我不只用觸覺、聽覺、嗅覺，主要的還是用視覺。但是這種視覺並不是指單純的「看」。我的視力不佳，但是凝神注視，可以分辨蝴蝶和蛾的觸鬚，可以看到嫩枝上的蚜蟲、細微的草花、纖柔的羽毛。我學會怎樣一面走路，一面觀察自然的景觀，和自己的感覺，不只是感覺，還有感想！

我原是急躁的女孩，一直到這時才瞭解：唯有平心靜氣，才能夠在平凡的事物中，體察不凡的內涵。於是我為自己取筆名為「徐如林」，希望以此自惕自勉。初中同學題給我的——跋涉千山萬水，自逍遙，在過去跋山涉水的過程中，我始終不察不覺。也直到這時，才逐漸能超脫過去登山時單純的上坡、下山；而精神也不再被束縛在背包與額汗之間，它終於能逍遙自在地翱翔在天地間了。

然後我認識了楊南郡先生，這是一個轉捩點。楊先生是登山前輩中，最令我心折的一位。早在我登山之初，就心儀其人。隨他登山之時，我驚訝於他對山林全然的瞭解。無論是歷史的掌故、地質的變遷、原住民部落文化的演易，他能一一如道家常，並親赴典籍所載之處加以求證。

他帶我走過原住民的獵路、公路未闢前的越嶺道、日治時期的警道，訪問古老傳說和神話的遺址。他博覽國外的登山群籍，不斷地灌輸我登山的新觀念，以及人與自然之間的和諧相處之道。

在他諄諄指引之下，我再度地拓展自己的眼界心胸：不只愛山，也愛山所孕育的一切；不只欣賞山，也學著去瞭解山；不只關心我在山上自身的感覺，也關切我究竟給了山什麼感受？

每回登山歸來，把滿懷激情發抒在筆下，原只是想為自己留下一點記錄。而現在，受不住許多關心我的朋友的鼓勵和慫恿，總算下定決心，讓它們變成一本書。

這本書除去本文之外，共選了十四篇文章，寫作的期間，大抵在經過徐教官指導，茅塞頓開之後，認識楊南郡先生之前，因為我認為這是我個人登山過程中的一個階段。而後來與楊先生一道登山的歷程，如果有可能，我希望能夠另集成一冊。（有時想到自己明知才能有限，竟敢存有這樣大的野心，不禁好笑。）

因為這本書是一個紀念，一種交代，所以編排的次序儘量以寫作時間的先後為原則，只除了少數幾篇根據自己的偏愛而略加更動。

這是我的第一本書，結集之前，我一改從前那種凡事漫不經心的態度，竟變得誠惶誠恐，日夜提心吊膽。我原不是文學的科班出身，基礎既然薄弱，唯恐災梨禍棗的心情，自然成為我沉重的負擔。而我又不自量力地，妄想自己能夠完成書前的所有工作，於是這本散文集的編排，就在三塗五改中，幾經波折。

感謝所有關心我，愛護我的師長、親友，尤其是教我高中國文的黎澤霖老師與范其美老師，為我開拓文學的領域；台大登山社的李俊民、呂志廣等同學，給予我精神上的支持與登山途中的扶持；而最大的助力來自我的父母，他們開明的態度，使我比其他朋友更幸運地，能夠帶著父母的諒解和祝福上山。

在登山界中，我只是熱愛山林的一名小兵丁；在文學界裡，我不敢遑論自己能夠躋身席上；而在人生旅程中，更有千山萬水，漫漫長途尚待跋涉。這本書的出版只是一個小小的起點，往後的路還長、還長。

唯願自己長保赤子之心，雖跋涉千山萬水，依然能逍遙自適。

六十七年四月三日

國家圖書館出版品預行編目資料

孤鷹行[修訂版]／徐如林著. - 二版. - 台中市：
晨星，2017.02
224面； 公分，——（自然公園；010）
ISBN 978-986-443-202-8（平裝）
1.登山
855 105020068

自然公園 10

孤鷹行【修訂版】

作者 徐如林
主編 徐惠雅
校對 徐如林、徐惠雅、張慈婷
美術編輯 王志峯
封面設計 黃聖文

創辦人 陳銘民
發行所 晨星出版有限公司
台中市407工業區30路1號
TEL：04-23595820 FAX：04-23550581
E-mail：service@morningstar.com.tw
http：//www.morningstar.com.tw
行政院新聞局局版台業字第2500號
法律顧問 陳思成律師
初版 西元1993年07月10日
二版 西元2017年02月10日

郵政劃撥 22326758（晨星出版有限公司）
讀者服務 （04）23595819＃230
印刷 上好印刷股份有限公司

定價300元

ISBN 978-986-443-202-8
Published by Morning Star Publishing Inc.
Printed in Taiwan

◆讀者回函卡◆

以下資料或許太過繁瑣，但卻是我們瞭解您的唯一途徑，

誠摯期待能與您在下一本書中相逢，讓我們一起從閱讀中尋找樂趣吧!

姓名：＿＿＿＿＿＿＿＿ 性別：□男 □女 生日： / /

教育程度：＿＿＿＿＿＿

職業：□學生 □教師□內勤職員 □家庭主婦

□企業主管 □服務業 □製造業□醫藥護理

□軍警 □資訊業 □銷售業務 □其他＿＿＿＿＿＿

E-mail：＿＿＿＿＿＿＿＿＿＿＿＿＿ 聯絡電話：＿＿＿＿＿＿＿＿＿＿

聯絡地址：□□□＿＿＿＿＿＿＿＿＿＿＿＿＿＿＿＿＿＿＿＿

購買書名：孤鷹行［修訂版］

· **誘使您購買此書的原因**？

□於＿＿＿＿＿書店尋找新知時 □看＿＿＿＿＿報時瞄到 □受海報或文案吸引

□翻閱＿＿＿＿＿＿雜誌時 □親朋好友拍胸脯保證 □＿＿＿＿電台DJ熱情推薦

□電子報的新書資訊看起來很有趣 □對晨星自然FB的分享有興趣 □瀏覽晨星網站時看到的

□其他編輯萬萬想不到的過程：＿＿＿＿＿＿＿＿＿＿＿＿＿＿＿＿

· **本書中最吸引您的是哪一篇文章或哪一段話呢?**＿＿＿＿＿＿＿＿＿＿＿＿

· **請您為本書評分，請填代號：1. 很滿意 2. ok啦! 3. 尚可 4. 需改進**。

□封面設計＿＿＿＿ □尺寸規格＿＿＿＿ □版面編排＿＿＿＿ □字體大小＿＿＿＿

□內容＿＿＿＿ □文／譯筆＿＿＿＿ □其他建議＿＿＿＿

· **下列書系出版品中，哪個題材最能引起您的興趣呢?**

台灣自然圖鑑：□植物 □哺乳類 □魚類 □鳥類 □蝴蝶 □昆蟲 □爬蟲類 □其他＿＿＿＿

飼養&觀察：□植物 □哺乳類 □魚類 □鳥類 □蝴蝶 □昆蟲 □爬蟲類 □其他＿＿＿＿

台灣地圖：□自然 □昆蟲 □兩棲動物 □地形 □人文 □其他＿＿＿＿＿＿＿＿

自然公園：□自然文學 □環境關懷 □環境議題 □自然觀點 □人物傳記 □其他＿＿＿＿

生態館：□植物生態 □動物生態 □生態攝影 □地形景觀 □其他＿＿＿＿＿＿＿

台灣原住民文學：□史地 □傳記 □宗教祭典 □文化 □傳說 □音樂 □其他＿＿＿＿＿

自然生活家：□自然風DIY手作 □登山 □園藝 □觀星 □其他＿＿＿＿＿＿＿＿

· **除上述系列外，您還希望編輯們規畫哪些和自然人文題材有關的書籍呢?**＿＿＿＿＿

· **您最常到哪個通路購買書籍呢? □博客來 □誠品書店 □金石堂 □其他**＿＿＿＿＿

很高興您選擇了晨星出版社，陪伴您一同享受閱讀及學習的樂趣。只要您將此回函郵寄回本社，或傳真至（04）2355-0581，我們將不定期提供最新的出版及優惠訊息給您，謝謝!

若行有餘力，也請不吝賜教，好讓我們可以出版更多更好的書!

· **其他意見**：＿＿＿＿＿＿＿＿＿＿＿＿＿＿＿＿＿＿＿＿＿＿＿＿

晨星出版有限公司 編輯群，感謝您!

請填妥對折裝訂，直接投郵即可，免貼郵票

廣告回函
台灣中區郵政管理局
登記證第267號
免貼郵票

407
台中市工業區30路1號
晨星出版有限公司

請沿虛線摺下裝訂，謝謝!

更方便的購書方式：

1 網站：http://www.morningstar.com.tw
2 郵政劃撥 帳號：22326758
戶名：晨星出版有限公司
請於通信欄中註明欲購買之書名及數量
3 電話訂購：如為大量團購可直接撥客服專線洽詢

◎ 如需詳細書目可上網查詢或來電索取。
◎ 客服專線：04-23595819#230 傳真：04-23597123
◎ 客戶信箱：service@morningstar.com.tw